燕赵秀林丛书·文学

李北的一天

贾若萱

著

河北出版传媒集团

河北教育出版社

贾若萱

河北文学院签约作家，曾任高校创意写作教师。获第六届西部文学奖·90后新锐奖、首届《湘江文艺》双年奖。作品发表于《人民文学》《中国作家》《长江文艺·好小说》《中华文学选刊》《西湖》《江南》《青年文学》等期刊。出版短篇小说集《摘下月球砸你家玻璃》。

燕赵秀林丛书·文学

序言

　　人才兴则事业兴、人才强则国家强，人是事业发展最关键的因素。文艺事业要实现繁荣发展，就必须培养人才、发现人才、珍惜人才、凝聚人才，培育造就大批德艺双馨的文学艺术家和规模宏大的文化文艺人才队伍，构建出成果和出人才相结合的工作格局。

　　为了进一步推动文艺人才培养和队伍建设，打造一支德艺双馨的文艺冀军，河北省坚持以习近平文化思想为指导，组织实施了文艺名家推出工程、中青年文艺人才"秀林计划"、文艺后备人才"春苗行动"、文艺名家情系河北"故乡创作计划"，构建起文艺人才培养的四梁八柱，形成了老中青梯次衔接、省内外交相辉映的文艺人才格局。在各界共同努力下，河北的文艺人才如雨后春笋般不断涌现，全省文艺事业呈现出蓬勃发展的繁荣景象。

　　作为中青年文艺人才"秀林计划"的重要内容，省委宣传部会同省文联、省作协开展了"燕赵秀林丛书"的编辑出版工作，将按照"一人一书"或者"一类一书"的原则，为我省优秀中青年人才出版代表性作品，并配套开展作品研讨、专场演出、展览展示和媒体宣传等活动，形成文艺人才培养、宣传、使用一体化格局，努力推动更多优秀中青年人才脱颖而出，在新时代的文艺道路上挑大梁、当主角。首批图书，将为11位青年作家各出版一部文学作品选集，并从戏剧、音乐、美术、曲艺、舞蹈、民间文艺、摄影、书法、杂技、影视、文艺评论等11个艺术门类中各遴选中青年艺术家代表，分别出版一部优秀作品合集。

青年是事业的未来。只有青年文艺工作者强起来，文艺事业才能形成长江后浪推前浪的生动局面。希望此次入选的中青年优秀人才，能以出版"燕赵秀林丛书"为新的起点，再接再厉、接续奋斗，立足河北丰厚的历史文化资源，聚焦中国式现代化在河北可视可感可行的火热实践，创作推出更多充满时代气息、具有河北特色的精品力作。也希望全省的作家、艺术家们，既秉持学习前人的礼敬之心，更树立超越前人的竞胜之心，增强自我突破的勇气，迈向更加广阔的创作天地，努力攀登新时代文艺新高峰！

丛书编委会

2024 年 9 月

目录

李北的一天

　　对李北来说，今天是不太寻常的一天，因为下午三点要去客运站接他的姐姐李南。他倒不认为这是件特别重要的事，一周前接到她的电话后，他依旧像平日一样——每天清晨骑着摩托车从租住的平房到矿区，工作四小时，休息两小时，再工作四小时。他没有单独的工位，中午只能待在矿洞，靠着墙眯一会儿，大多时候睡不着，不知是脚下的寒冷侵袭了他，还是微弱的灯光亮在头顶的原因。到了晚上六点，同事们陆续离开后，他最后一个走出单位大门，骑上摩托车在镇上转一圈。其实没什么可转的，镇子很小，十几分钟就到了头，但他很喜欢被风吹拂的感觉，像处在一场温柔的白日梦里。结束漫游后，他会到菜市场吃老白烧饼，有时配羊汤，有时配玉米粥。烧饼店的老板认识他，但也只停留在认识，因为跟他搭话时，他总流露出心不在焉的神色，嘴里哼哼一声就没了下文，仿佛在故意浇灭对方的热情。烧饼店老板知趣，也就不再说下去了，只知道他是外地来的，在矿上干了些年头。

　　确切来说是五年。李北已在矿上干了五年，每天都按以上程序生活，像座从未被撼动的山头，但姐姐的电话扰乱了他的习惯，或者换一个词——情绪。起初他的心只是被轻轻刺了一下，本以为很快就恢复如常，谁料那刺感成了堵在胸口的一小片乌云，越来越重。为了摆脱这沉重感，他去集贸市场买了最柔软的床垫，又定制了一张单人床，找裁缝做了一套天竺棉床品，想让李南在他的平房里住得舒服些。然而买回来后，他只是把那堆东西扔在那里，而他呢，一边数着李南来的日子还有多久，一边感受心脏越来越重，一边纹丝不动地坐在屋里。直到今天早上，他知道自己不能再拖延了，不然将毁掉这场见面，于是他起得很早，或者说，他几乎整晚没睡，敲敲打打，洗洗涮涮，让那堆破烂变成一张可容纳李南的床。他做到了，甚至没用多长时间，当看到那张散发着洗衣粉香气的柔软的床时，他心满意足，胸口的那片乌云慢慢蒸发了。看表，四点十分，还有两个小时就要去单位了，来不及再睡一觉。院子上方的天空呈现为更深层次的蓝色，李北发了一会儿呆，决定出去转一转，享受日出前的宁静，于是他启动摩托车，嗡嗡的响声惊跑了墙角的麻雀。他不喜欢如此巨大的声音，怀疑发动机出了问题，但也只是猜测而已，毕竟跑起来一点毛病都没有，比大部分人都快。

这辆摩托车是三年前从一个老头手里低价买的，他儿子在一次骑行中突发心脏病，掉进水沟里淹死了，车却完好无损，因为染了死人的晦气，比市价低了将近一半。老头把摩托车的前史讲给李北听时，他面无表情，只说了句，那又怎么样呢？就买了下来。在镇上，骑摩托车的人很多，当地政府组成了一支摩托车队伍，拨出一笔小小的奖金，时不时去周边的山区比赛，这些李北是知道的，但一次都没有参加过。实际上，刚买摩托车不久，就有人来找他加入组织，他以马上要离开镇子的理由拒绝了。当然，这是假的，他还不想离开，或者说，还不到离开的时候。虽然他只是个没有编制的合同工，用他的话来说，那又怎么样呢？

他骑到公路上，这条路属于镇子的边缘，因为经常有超载运煤的大车通过，把路面压碎了，忽高忽低，必须缓慢行驶。李北穿着并不合身的短袖，风把衣服吹得鼓起来，显得身子更加消瘦。他突然在脑海中勾勒出自己的模样：一张窄长的脸，绷得紧紧的，眉宇间因习惯皱眉而形成一道浅浅的沟壑。他想着，真是奇怪，应该没人能完全想象出自己的样子吧，但他可以，并且想得丝毫不差，于是他又在脑海中勾勒李南的模样。作为比他大六岁的姐姐，他们的人生轨迹总是错开，李南读初中，李北读小学，李北读初中，李南读大学，而当李北高中毕业，李南又抵达欧洲重新求学。她似乎总在快车道上奔跑，想到这儿，李北把她的模样涂成了一团黑色。

他开到一条更窄的道上，远离居住区，因为走的人少，路的边缘长出了一小片毛茸茸的绿色。天逐渐亮了起来，明媚的光线还未完全倾泻，只看到远处一片灰黄抹于天际，像甩在衣角即将风干的颜料。风吹过来，他感到大脑里的东西清空了一些，便让呼吸短暂消融于耳畔的声响，时不时侧头眺望道路两旁的景色。即使在这里生活了五年，他的话语和口味染上了新的痕迹，但还会在某一刻突然不知自己身处何处。

这是一个偏远得无法再偏远的镇子，植被稀少，地面露出光秃秃的裂痕，如果下过雨，深红色矿物质漫上来，仿佛洒满了糖粉，等日照中天，又会闪现亮晶晶的光泽。昨天是这个样子，今天是这个样子，明天还是这个样子。李北想到漫长的青春期，也是这样日复一日，感叹着时光毫无变化，被一种无法逃脱的永恒感炙烤着。而现在，当摩托车的嗡嗡声响彻安静的街道时，他猛然发现自己早已爱上了曾经所厌弃的永恒感，他希望周围的景色永远持续，而他永远待在这里，将苦行僧般的生活贯彻到底，什么都不要变，什么也不会变。他心满意足地长舒一口气，李南电话带来的难以理解的沉重感彻底消失了，下午他会请假去接她，带她吃镇上最好吃的饭菜，晚上睡在那张柔软的小床上。想到这儿，他的心情十分平静，是啊，李南的到来又怎么样呢，只是两个人有了一小段时间交集，他依旧可以把生活彻底掌握在手中，就像五年前执意离开家乡一样。

天已经大亮，他从外面的窄道拐到上班常去的小道，途径第二个路口时，李北发现道路右侧挖了一个大坑，应该是昨晚新挖的，泥土还带着潮气。五年间，这条路首次发生变化，仿佛知晓李北正经历反常的一天，故意与他的节奏重合似的。他下车在坑前看了一会儿，坑不规则，左边多一块，右边少一块，除此之外什么都没有，只是个还未完工的大坑而已。他盯着发红的土壤，想着如果有人掉下去会怎样，虽然不深，爬是爬不上来的——这个想法令他十分不舒服。那么这个大坑是用来做什么呢？总不能建高楼吧，镇子上总共只有三百多户人家，谁会买楼房呢。他沿着大坑走了一圈，踩着刚从深处挖出来的松软泥土，恍惚间，接到李南电话后的沉重感又回来了。为什么？为什么要在这里挖一个大坑呢？他不敢走来走去了，便重新骑上摩托车，想驱散刚才的感觉。挖个大坑又怎么样呢，他讨好般地对自己说。然而，这句话没有让他的心情重回平静，反而缩成了小小一团，他的整个身体都包在那团小小的硬壳中，失去了重心，于是他加大油门，想让晨风驱散脑海中的画面。但无济于事，那个大坑依然在眼前飘来荡去。

这时他看到前方有人招手，如果在平时，他不会停车，但今天是不太寻常的一天，于是他减速停下，发现招手的是某个不知道名字的男同事。显然，这位男同事看到停车的人是李北后，也吃了一惊。"你好。"他略微尴尬地冲李北笑了笑，"如果你赶时间的话……"

"你看到路口那个大坑了吗？"李北问。

"大坑？什么大坑？"那人疑惑地朝后方望去。

"一个刚刚开始挖的大坑。"李北说。

"是吗？我没有注意。"男同事又发出笑声，想让气氛变得稍微正常些。虽然李北不认识男同事，但男同事却认识李北，或者说，单位里的人都认识李北。李北是老员工里唯一没有编制的，李北是唯一一个自愿待在矿洞的，李北是唯一一个不回老家的……在一次又一次口口相传中，李北成了一个无法具体定义的人——这些李北自然是知道的，可那又怎么样呢？

李北拍了拍后座，示意男同事坐上来。自从买了这辆摩托车，还没有任何一位同事坐上来过。之前有个女同事希望他下班后顺路送她回家，他拒绝了，此后再没有人提出类似的要求。李北感受着身后热乎乎的能量，仿佛太阳紧紧追赶着他。

"你是哪里人？"同事问他。

"北边的。"李北说。

"噢，我还以为你是南边的。"

"南边的又怎样呢？"李北的语气突然柔和起来，但这句话本身的杀伤力却让同事闭了嘴。他倒是希望同事能跟他讲讲南边和北边有什么不同，不知怎么回事，一股交流的欲望拉扯着他。他还想谈谈路口的大坑，谈谈今天的变化，可同事已经下车道谢，快步走进了单位大楼。

李北没有跟进去，而是从侧门进到工作间换了蓝色制服，又从工作间进了地下矿洞。洞里清清凉凉，光线幽暗，已经陆陆续续到了几个本地人，他们和李北一样都是合同工，但李北听不懂他们说话，他们却可以听懂李北说话。李北检查了一下洞里的设施，确定无误后，就到角落里坐下来，思考如何找领导请下午的假。李南的身影在眼前晃荡，和清晨的大坑重合在一起，搅得他心烦意乱。

他站起来，沿着矿洞的边缘，头一次，他主动对那几个埋头苦干的本地人说起了话："你们看到路口的大坑了吗？"那些人停下手中的活儿，睁大眼睛望着他，一脸困惑，他只好又说了一遍："你们看到路口的大坑了吗？"其中一人摇了摇头，另一个人咿咿呀呀说了些什么，李北听不懂，便走到那人身边，请求他再说一遍——还是同样不知所云，语气快速又坚决。李北无奈地摇头，就此作罢。

到了中午，等同事们去了食堂后，李北徘徊到领导的办公室，等他吃饭回来请假。面前的黑色木门紧紧关着，他从走廊这头走到那头，又走回来，摸了摸门把手，一阵冰冷，竟然比地下的矿洞还要冰冷。三年前，领导把他叫到办公室时，门把手是温热的，之所以记得这么清楚，是因为领导脸上的表情，他询问李北是否愿意转到正式编制，只需花小小一部分钱，李北像拒绝女同事那般拒绝了领导，领导吃惊地望着他，认为他的脑袋一定出了什么问题。事实上，李北不是不想花钱，也不是拒绝组织，其中的原因很复杂。他不知道世界上还有没有他这样的人，不想往上也不想往下，只想保持现在的状态，把拥有的一切牢牢抓在手里，这就足够了。他可以一辈子都这样生活，最后在同样的位置死去，所以他待在镇上，待在矿洞，待在平房，待在烧饼店……

领导慢悠悠走了回来，看到李北后，眯起了眼睛，一根牙签插在他的嘴里，发出啧啧啧的声响。

"你有事吗？"领导问，打开门让他一同进来。

"我想请个假。"李北说，"我下午要去接我姐姐。"

"亲姐姐？"

"是亲姐姐。"

"噢，去吧，明天还请假吗？"

6

"照常上班。"

"那你去呗。"领导挥挥手示意他出去。

他犹豫了一下，接着大步走出单位，当看到太阳高高挂在头顶，一阵眩晕忽然袭来。这是他来到这里后第一次请假，自然也是第一次在中午时分走出单位，时间的错位感令他的心十分不安，也使他的胃轻轻抽搐。他启动摩托车，打算去老白烧饼店吃午饭，等李南来了，肯定要换一家餐厅，他愿意为此妥协。到老白烧饼店后，窗门紧闭，一个人都没有，他才发现这里只有晚上开门。如果在平时，他不会觉得有什么，但今天，他却感到糟透了，一种颤颤巍巍的失控感潮水般覆盖了他。他开始希望李南的客车抛锚在半路，或者临时有事来不了，这样他就可以晚上再来烧饼店，将扭转的生活恢复原状，他甚至有些想念矿洞的幽闭和黑暗的角落了。

李北眺望远处连绵不绝的山脉，一小团积雨云立在上方，像一颗愚蠢的脑袋，阳光从细小的缝隙中透出来，显得忽明忽暗。他看了手机上的天气预报，显示今天有雨，下雨的夜晚总比平时睡得好一些。那么，接下来的一小时做些什么呢？李北不想回家，因为家里都被打点好了，地面拖得干干净净，床上一尘不染，只等着李南开门，接受眼前的一切，如果他现在回去，无疑破坏了先前的设想，他不允许这种情况发生。应该吃点东西，李北想，虽然他的肚子早已饿得咕咕叫，但因为烧饼店的关门，他什么都不想吃了，一股说不出是沮丧还是愤怒的情绪拉扯着他，最终他决定去大坑那里看一看。

气温高了起来，空气逐渐黏稠厚重，李北的后背被晒得汗津津的。大坑还是原来的大坑，形状和早上一样，看来没人来打理。他发现大坑周围没有"正在施工"的警示牌，紧接着，他的脑袋里出现了十几种事故发生的方式，叹息声从嘴角冒出

7

来。他走到大坑边缘，想把红色土壤重新填回去，恢复原本的平整，但又觉得这件事实在太无聊了，何况没有任何工具，于是他打消了这个疯狂的念头，坐下，把腿放进坑里，底部距脚面还有很长一段，阳光继续往下落，世界成了一片明晃晃的液体。这时，一道白光闪现在脑中，李北突然想到了宇宙大爆炸。父亲送给他的百科全书里有这样一段文字：宇宙曾有一段从热到冷的演化史，在这个时期里，宇宙体系不断膨胀，使物质密度从密到稀逐渐演化，如同一次规模巨大的爆炸。爆炸之初，物质只能以电子、光子和中微子等基本粒子形态存在，而爆炸之后的不断膨胀，导致温度和密度很快下降，逐步形成了原子、原子核、分子，并复合成为通常的气体，气体逐渐凝聚成星云，星云进一步形成各种各样的恒星和星系，最终形成我们如今所看到的宇宙。无所不知的父亲对他解释，所以宇宙大爆炸不是毁灭，而是新的诞生。这句话他记得格外清楚，并希望此时此刻再来一次新的诞生，把今天的错觉、五年之前甚至更久之前的错觉纠正，重新排列组合。

他难受地站起来，发现在刚才的冥想中，时间流逝如此之快，已经快要迟到了。于是他跨上摩托车，快速开到汽车站，当他拍拍身上的泥土，站在门口时，人群已陆陆续续从大客车上下来了，他目不转睛寻找李南的身影，看看左边，又看看右边，一无所获。他感到汗水从脖子里淌了下去。

突然一双手拍了他的后背，回头，看到戴着墨镜和遮阳帽的李南，把脸遮得严严实实，但他还是一眼认出了她。

"什么时候出来的？"李北问。

"第一个出来的，去对面找了卫生间。"李南的声音没有什么变化，身材也没什么变化，还是很瘦，穿着一双工装大头鞋，像个充满活力的男人。

"那走吧。"李北转过头，领着她往摩托车那边走。李南大步流星，两条长腿晃来晃去，一步就跨上了摩托车后座。

"车不错嘛。"她说。

"二手的。"李北启动，突突突突，驶向远处。

实际上，他不知道带李南去哪里，除了平时待的地方外，他对这个小镇一无所知，只能任由车轮往前撵去，反正路都是通的。李南的手扶在他的肩膀，像轻轻的电击，很快，两人就陷进了尴尬的沉默中。也许他应该开口讲话，问一问她来这里的原因。是的，一周前的通话中，他根本没有问她为什么来这里，他只是小声说："好的，我等你来，嗯，有空。"而李南也未曾吐露原因，只说从欧洲回来了，顺便来看看他。

"你在这里怎么样？"最终李南开了口。

"挺好的。"李北说的不是假话。

"那就好。"李南说，"这里让我想到罗马尼亚的一个乡下，音译过来叫坦途，空气里也都是沙子。"

"噢。"李北点头，想象不出在千里之外的欧洲有个类似的小镇，住在那里的人是不是也和这里的人类似，不过这并不重要。

"哇哦哇哦，我们去哪儿？"李南的声音兴奋起来，"这里有什么特别的地方吗？我要收集素材。"

李北的心脏像被狠狠拍了一下，一来他不知道什么是特别的地方，二来李南依旧一副知识分子的派头，他十分不喜欢这一点。李南是个作家，或者这样说，李南的一生就是为了成为作家。她幼儿园时在父亲的指引下树立了作家梦，此后的时间像坚韧的野兽一样一步步达成：八岁写了第一个童话故事，九岁熟读《红楼梦》，十四岁在报纸发表作文，十八岁出了第一部长篇小说，二十二岁成为大学里最年轻的教师，二十七岁前往欧洲，用第二语言写作至今。她的履历闪闪发光，每一步都做了详细规划，这是父亲和母亲常对李北提到的，当然，是很久以前提到的了。不知从什么时候开始，李北觉得，李南成了一颗遥不可及的星星，在远处发着光，而他只是泥地里的一颗砂石。事实上，这样的感觉依然在，即使她把脸遮住了，那些光芒还是从缝隙中悄悄露出来，缓慢地灼着他的后背。

"怎么了？"李南敲敲他的胳膊，继续问。

"哦哦，我可以带你去看大坑。"李北慌乱地脱口而出。

"大坑？什么大坑？当地特色吗？"李南问，"我在挪威的时候，看过一个陨石坑，是类似的吗？"

李北说差不多吧，既然他没见过陨石坑，说什么都可以不是吗。他拐上那条熟悉的路，以前方的山为分界点，东边被乌云覆盖了，西边阳光明媚，李北感到自己的身子也分成了两半，一半留在了过去，一半跟随他来到这里。他想着那个大坑，也许李南能给出正确答案，关于他为何被这样一个东西困扰了将近一天。这是李南的强项——对大部分事物或事件下清晰的定义，在她的著作中也如此。不过，李北还没有读过李南的著作，在国内时她只出过一本长篇小说，首印一万册，没有卖完。按她的话说，那是一本失败之作，写两个女孩的成长故事，此后她的书都是在欧洲出了，德国、瑞士、奥地利。她曾把一本厚厚的装订册拿给他看，上面全是密密麻麻的德文。他问她写的什么，她说是在中国的部分经历；他又问她是否有中文版，她说已不再用中文写作了，德文让她找到了内心的声音。对此，李北不知道说什么，毕竟文学的事他一窍不通，他只知道，李南对自己有清晰的定位，并愿意为此付出行动，而他总是那么软弱。无论是宇宙大爆炸，还是虫洞，或者所有的星系，这些曾被他所痴迷的东西，全部变成了缥缈云烟，再也抓不住了。

李北的身子轻轻颤抖起来，后背的光芒灼得皮肤产生了真实的痛感，他费力往前看，汗水流过眼睛，不得不把车速慢下来。随后他悲伤地想到，带李南看大坑有什么意义呢？他甚至不再需要所谓的答案。

"怎么了？"李南惊讶地拍拍他的肩膀，因为摩托车开始左右打滑了。

"太热了。"李北说。

他还是把李南带到了大坑旁。李南呆呆地望着眼前的景象，声音充满了沮丧："这只是个人工挖的大坑啊，有什么特别的？"

李北耸耸肩，不知怎么对李南解释，也不想解释了。

大概是为了配合他，李南还是绕着大坑走了一圈，盯了红土将近一分钟。然后她突然扯下脸上的面罩，用一张还未变老的面孔对着李北，虽然她快要四十岁了，肌肉线条依然饱满坚挺，不知怎么做到的。也许在陌生人看来，她不是他的姐姐，而是他的妹妹。他们的鼻子很像，都殖了母亲的蒜头鼻，但她的眼睛要明亮得多，大得多。她就用这双充满活力的眼睛直勾勾地望着李北说："李北你知道吗，你不应该再这样下去了。"

"哪样？"李北转过头，肚子咕咕叫起来，他不敢看向那双眼。

"就是这样，躲在一个鸟不拉屎的地方，做这些违背你内心的事。"李南提高声调，眉头拧到了一起。也许还觉得不够有力量，她继续挥动胳膊，捏起拳头，做出夸张的动作。

"上车吧。"李北盯着大坑，平静地说，"我带你回我住的地方休息。"

"我还不想回去。"李南的态度软下来，"我不说了，不说了。带我去更远的地方看看，好吗？"

李北点头，没有流露出任何情绪，对这些相似的话，他早已筑起了坚固的高墙。他知道李南会劝他，说服他，刺激他，为了让他回到过去，回到那个物理天才少年。可是他做不到，他早就做不到了。

他载着李南去往离开镇子的大路。太阳坠到山头，金黄色光线逐渐加深，云层染上了橙红色，路面也因色调变化好看了许多。温度不再咄咄逼人，随着晚风降临，甚至有了一丝清澈的凉意。一座座白色屋顶的房子被甩在身后。

"你看那里，那里有个招牌。"李南指向东边。果然，在树丛中挂着一个木质招牌，写着"圣骑士马术兵团俱乐部"几个字，一条涂着白漆的小路隐隐若现。

李北放慢速度，把车停过去。

"是个马场！"李南激动地说，"镇上竟然有个马场，还是个俱乐部。"

李北不知道这是什么地方，很明显，这是他未曾抵达过的领域。

"我们进去看看吧。"李南拉住他的胳膊，"你会骑马吗？我在英国的时候学过马术。"

他们按着箭头的指引走进小路，虫鸣鸟叫不绝于耳，绿色枝蔓时不时滑过皮肤，李北想象他们在亚马孙雨林里穿行，马上就要出现一只猛兽。遗憾的是，光线很快亮了起来，展现于眼前的是一片空旷宽大的牧场，地面上长着稀稀拉拉的绿草，被铁丝栅栏圈了起来，几匹马呆滞地拴在一旁，一栋长长的塑料板房位于栅栏外，看上去像个马棚，几个穿着马靴的男人女人在站着聊天。

"别有洞天呀。"李南惊叹。

听到声音，一个瘦高个的女人走过来。"骑马吗？"她笑着问，声音粗粗的，带着浑浊的方言味。

"多少钱？"

"自己骑还是找人带？"

"我自己骑，他找人带。"李南俏皮地看了李北一眼。

"自己骑五十一圈，找人带一百一圈。"女人回答。

"行，不贵，走吧。"李南拍了拍李北的肩膀，凑近他耳朵小声说，"英国的马场一小时至少八百块人民币呢，学的话就更贵了。"

"六子，你过来，给这位客人牵马。"一个黑胖的男人从马棚里走出来，解开一根马绳，牵在手里。那是一匹深棕色的马，纯净的大眼睛分在脸颊两侧，时不时喷出几口热气。李北杵在它面前，想和它的眼神碰在一起，但马转过了头。

"别站在马屁股后面，不然马会踢你。"李南笑着对他说。她的马是枣红色的，四肢修长，毛色发亮，就连尾巴都十分顺滑。她拍了拍马头，嘴里发出嘘嘘嘘的声音，马儿很快平静下来，贴着她的胳膊。她抓紧缰绳，蹬在马镫上，一抬腿就上了马背，把另一只脚卡在镫子里，接着她挥舞缰绳，身子一倾，马儿开始向前奔跑。

她驾着马的身影逐渐消融于夕阳浑厚的光线中，前方一望无垠，不知尽头在哪里，只听到噔噔噔的声音，随着树叶一同震颤。

"上来吧哥。"男人邀请李北，示意他踩上马镫。李北摆摆手，只想找个地方坐下。"我不会骑，不骑了，我还要去看看我的摩托车。"

"摩托车不会丢的，帅哥。"穿马靴的女人对他说，"来都来了，骑一骑吧，我们这儿都是纯种马，你看，多漂亮。"

"来吧，哥。"男人恳求他。

"不了，不了。"李北低声说，心里像压着一块大石头，肩膀关节处也灼热起来。他才不想在这里，在待了五年的镇子上骑什么马，他需要的是休息，然后等夜幕来临，回到租住的平房里去。

男人不再勉强，重新把马拴到栅栏上。李北在空地上坐下，发现天空暗了一些，又不是刚才的红色色调了，晚霞染了一层蓝褐色，看起来像结了一层冰。不知为何，他的心隐隐作痛。

李南很快骑着马从天边回来了，上下起伏的剪影刀刻般生动，她的头发挥洒，衣袖挥洒，连小腿的肌肉都挥洒自如，随着马背的颠簸而颠簸，一脸神气。

"不错啊，美女。"穿马靴的女人对李南说，"我家的马好骑吧？"

"很好很好，比英国的马还要好。"李南附和了一句，看到坐在一旁佝偻着背的李北，发出一声无奈的叹息，"你怎么不骑，不是说好了吗？"她从马背上翻下来，走到李北面前。

"我不会骑。"

"所以你才要学。"

"我不想学。"李北摇头，"我对这个不感兴趣。"

"你们可以骑双人的，也有双人的马鞍。"穿马靴的女人走过来说。

"不要。"李北和李南异口同声地说。随后李南尴尬地咳嗽了一声，对女人说："我还骑，等一下，你们几点下班？"

"天黑了就下班。"女人说。

李南点头，坐到李北身旁，她对眼前的男人束手无策，如同男人也对她束手无策一样。从什么时候开始的呢？他们不再理解对方。

"是我的话让你不高兴了吗？"李南问。

李北摇头，他当然不能承认这一点。李南坐了四个多小时的客车，忍受着炎热和臭烘烘的空气来看他，不是为了听他说出真实的想法，那太伤人了，所以她永远不会明白他变成了一个什么样的人。

"我牵着你骑，好吗？"李南温柔地说，"你放松一点，不需要动脑子。马背上很凉快，仅此而已，你不想感受一下吗？"

李北不想再听到她喋喋不休，于是站起来，跟随她，走近那匹枣红色的马。面对庞然大物时，他有些胆怯，但还是坐上了马鞍，抓住了扶手。他感到身下一投热浪涌来，带着新鲜的气味和跳动，令他想到了黑洞——戴眼镜的父亲站在讲台上，用白色粉笔画出一层层形状，而他站在另一侧，小小的身躯留下扁扁的影子，望着讲台下求知若渴的学生们。那时的他还不明白，父亲的威望意味着什么。

李南牵起缰绳，缓慢地走起来，马儿迈着沉重的步伐跟在她一侧。李北的大腿因晃动而产生了轻微的疼痛，他用力，紧紧夹住热腾腾的马鞍，让身体的节奏和马儿晃动的节奏保持一致。

"怎么样？"李南问。

"还好。"李北说。

她牵着李北往牧场更深处走去，然而除了半秃的绿色土地，什么都没有。太阳已完全沉没，但天空还是充满了朦胧的微光，作为白昼最后的挣扎。他看着李南的手，大拇指和食指的连接处长满了茧子，手背上还有一些抓痕。他想到幼年时李南带他去买零食，也是在黑夜即将来临的傍晚时分，小径尽头是一座白色尖顶的教堂，每到晚上都会响起遥远的歌声，李南会面露恐惧，对他说，这是给死人唱的。那时他多么害怕死亡，迫切想知道人死后会到达哪里，父亲告诉他，科学会解释一切。而父亲告诉李南，文学会解释一切。他们两个就像设置好的发条，在准确的时刻动起来。只是李南深深爱着这件事，他成了懦弱的逃兵。可为什么她从未送自己的著作给他，那些无法企及的纸页真的存在吗？他这样想着，反而失去了询问的欲望。

"你以后一直待在这里吗？"李南的声音仿佛发着光。

"嗯。"李北闷闷地说。

"这真的是你想做的事吗？"

"嗯，我喜欢待在矿洞。"李北说，"很安静也很平静，没有什么比矿洞里更好了。"

"只要你喜欢就好。"李南说。

李北的胳膊开始不住地颤抖，他把右胳膊按在左胳膊上，想抑制这种抖动。马儿察觉后，耳朵突然立了起来，打了一个长长的喷嚏，热气呼在了李南脸上。"It's ok. It's ok."她轻轻对马说，摸了摸它的额头。

一种沉溺过后的空虚与无力，伴随着不可达成的气愤感，牢牢抓住了他。他盯着那双温柔的手，仿佛落在了他的心脏里，一下又一下，轻轻敲击着。

他无法忍受了。

于是他夺过李南手中的缰绳，没等她反应过来，就狠狠拍了马头，马儿惊叫一声，撒开腿往前奔去。他感受着马儿身上难以驯服的波涛，用尽全力托举着他，身后是李南和女人男人们的呼喊。李北望着眼前越来越浓重的黑暗，牧场连同世界的边界都消失了，不知道马儿将带他去往哪里，但他一点都不害怕，反而觉得身子越来越轻。他想到了摩托车，想到了大坑，想到了父亲的眼镜，想到了冰冷冷的矿洞，最后他想到了李南

16

的床，岿然不动地立在客厅里等待，这让他情不自禁笑出了声。他渴望糟糕的一天赶紧结束，渴望将来有一刻，如同现在这般，把缰绳牢牢攥在手里。

暴雨梨花针

这个酒店位于市中心，餐厅在二十一楼，可以俯瞰整个石家庄。我以前来过一次，和姜来一起，他团购了双人套餐，说赚到钱了，怎么也得浪漫一次。我们坐在靠窗的位置，蜡烛搁桌上缓缓燃烧，大厨为我们煎牛排，边吃边欣赏夜景。但今时不同往日，同样的酒店，周围一片嘈杂，服务生忙前忙后布置舞台，破坏了美感。这是我爸的第三次婚礼，大屏幕上放着他俩的结婚照，背景是蓝色的大海。我仔细看了看，画面中的女人顶多二十多岁，鹅蛋脸，细了看，竟然和我的鼻子是同款，双眼皮也是，可能是同一个整容医师。不过，现在整过容的脸都这样，审美趋势摆在那儿了——深眼窝、高鼻梁、鼓额头，没什么高下之分，别人也不会太在意。画面中的男人，慈祥地笑着，年轻时的两个大酒窝此刻和肌肉连成了一条线，像长长的沟壑。他的手搭在女人腰上，严肃又庄重，只是白头发有点煞风景。我笑了起来。

宾客来了一半，坐在桌子前嗑瓜子聊天。婚庆公司的人倒是不少，打黑领结的男士举着话筒喂喂喂地试音，两个大音响立在舞台两侧，没任何反应。后边有个黄色大门，敞开一条缝，我走近，看到画中的女人，穿着婚纱，和朋友们站在一起，一脸娇嗔。我爸坐在另一侧，表情有些羞涩，身体比三年前宽了许多，像美国电影里的绿巨人。我从包里拿出礼物，推开门，走了进去。

"蒋绘。"我爸看到我，站起来，理了理肚皮，笑了出来。

"爸。"我也笑着走过去，站在他面前。初二那年，我的个子就超过他了，他总跟别人炫耀："我女儿的身高，可以当模特，几代下来，数她最挺拔。"他说的是实话，我妈一米六，他一米七，老一辈就更不行了，而我一米七八，又瘦，远远看去，像棵豆芽菜。事实上，我做过两年的淘宝模特，姜来是店主兼摄影师，给我拍了很多照片，现在去网上搜，还能搜得到。

"给你的。"我把礼物递给他，是个小盒子，里面装着一对尾戒，前几天旅游时买的，没想到这么快就派上了用场。

他收下了，把女人叫过来，说："这是蒋绘，我女儿。"

女人看着我，眼里像含着一汪水，笑着说："你就是绘绘呀。我叫李苗，在附近的画廊上班。"她看着比照片上老一点，嘴角有浅浅的法令纹，应该和我差不多大。

"你好。"我点了点头。

说实话，我没想到她是在画廊上班。按我爸的个性，他应该找个在歌厅上班的才对。他的第二个老婆是卖酒的，在KTV相识，结婚时我没去，听说比我小几岁。离婚时闹得很僵，嫌我爸钱给得少了，到处嚷嚷他是阳痿，并起了个绰号"腌黄瓜"。名声一传出去，就不好听了，可传都传出去了，也于事无补。我妈给我讲这个事时，笑得眼泪都出来了。虽然他们离了婚，但她总能比我先获知我爸的事，不知从哪儿听来的。

这样的时刻，我不应该提我妈，但应该想到我妈。其实我已经想不起她的样子了，虽然去年才见过，她来我家住了半月，早上给我煮方便面，晚上给我炒方便面，只要你不抱太大希望，还是蛮好吃的。当然，如果不是这次婚礼，我也想不起我爸的样子，甚至连声音都忘了，这三年我们几乎断了联系，没打过电话，婚礼请柬还是发的电子邮件。我本不打算来，但他在邮件末尾附了句话："来吧，瑾芳也来，你们可以叙叙旧。"我躺在床上盯着瑾芳两个字，最终还是来了。

我和李苗站着聊起来，她在画廊上班，必定对画作有研究。我对她说，我喜欢现代主义画作。她说她比较偏好古典主义，然后提到了达·芬奇，又提到了弗洛伊德。得知我在传媒学院学了四年音乐时，她又说起了柴可夫斯基，不是一些浅薄的书面评价，反而融进了自己独到的看法。这下轮到我吃惊了，这样的女人为什么会看上我爸。事实上，我妈也算个老文艺青年，不过她唯一喜爱的形式是电影。小时候，她常带我去电影院，抱着我，下巴枕在我的头顶，看完一场又一场电影。我爸大多时候都不在，他很忙，忙这忙那，各种各样的理由。

"你们什么时候认识的？"我们走到落地窗前，看着外面。虽然是中午，阳光却并不强烈，夹杂着灰蒙蒙的白，无精打采。开车来时，广播说今天有暴雨，务必注意安全。

"五个月前，他去画廊买画。"她说。

"他竟然去买画？"我看了身后的我爸一眼，他正忙着和客人寒暄。

"是啊。"她盯着对面的高楼，"机缘巧合。"

我从包里掏出烟，递给她，她笑着接过去，点上火，狡黠一笑，放进嘴里。我也来了一根。

"你有男朋友吗？"她问。

"有。"我说，"很多年了。"

"打算结婚吗？"

我摇了摇头："应该不会，现在挺好的。"

"的确如此，如果你很爱他，最好不要结婚。"

"我只是没想明白婚姻的意义，恋爱和结婚没什么区别。"

"非常对。"

"你是怎么想的？"

"我觉得结不结婚无所谓，反正可以离婚。"她笑了起来，我也笑了起来。

可以肯定的是，我对她的印象很好，所以说了很多话。她不庸俗，也不圆滑，甚至有点心不在焉，而心不在焉是一个正在结婚的女人的最好品质。我们默默抽完手里的烟。我注意到，对面楼里有一个男人，正在做健身操，看起来相当滑稽。

我爸走过来，我问："胡瑾芳来了吗？"

他摇摇头："还没，她从湖南坐火车来，应该早不了。你先去礼堂坐一会儿吧，我和李苗还得彩排。"他把李苗拉过去。

我点头，穿过门，回到礼堂。客人们多了一些，我看了看表，距离十二点还有八分钟。我找了张空桌子坐下，给姜来发消息："一切都好。"姜来很快回复："那就行，好好和老爸聊聊天吧。"我说："好无聊啊。"他问："想我了吗，我可以过去找你。"我想了想，回复："不用了，一会儿就结束了。"

今年是我和姜来同居的第五年。一开始，谁都没想过会持续这么久，我们只是无聊，在一起喝喝酒打打炮。准确来讲，他是我的老板，但我应聘模特时，他的淘宝店正在赔钱，马上就要黄了。神奇的是，半年后突然起来了，赚了不少，很快又开了第二家，越做越大，目前正筹备第三家。他说，我是他的招财猫、旺夫石。我们能谈这么久，纯属机缘巧合，他是不婚主义，我正好也不想结婚，俩人平时相处没问题，床上也挺和谐，似乎没什么走不下去的理由。但我不清楚是不是爱他，如果按胡瑾芳以前的说法，我是不爱的，她认为我没爱过任何人。她曾经说："蒋绘，你知道吗，你太自我了，自我的人不会爱上别人的。"她觉得自己拥有的才是真正的爱情，而我经历的都是奸情。我们总为这些事争吵，吵得墙壁都要裂开了。

巨大的厚厚云层遮住了太阳，一瞬间，房间暗了下去。就在突然袭来的阴影中，胡瑾芳走了进来，手里拿着半个苹果。她比以前更胖了，剪了短发，穿一条皱巴巴的白色连衣裙。虽然这么多年没见，还是一眼认了出来。我心里咯噔了一下，就像有人狠狠踹了我一脚，动弹不得。她四处张望，目光投向我这里，犹豫着，露出困惑的神情。也许她认不出我了，玻尿酸和假体使我的模样变化很大，于是我站起来，冲她挥挥手。她走了过来。

一张素面朝天的脸，眼角的皱纹像年代久远的电线。我略微吃惊，以前她的皮肤又白又亮，此刻却失去了光泽，眼底的雀斑连成一片。"好久不见。"她笑着，扔掉苹果，左手扶在腰上。这时我才注意到，她有了身孕，高耸的肚皮仿若一把枪，直直冲着我。我下意识低了头，她察觉到我的不安，说道："八个多月了，二胎。"

我让她坐下，因为婚礼马上就要开始了。这和我想象中的重逢完全不同，没有欣喜，没有悲伤，更像两个陌生人的碰面。我抚摸桌布，思考不出接下来说点什么，便从包里拿出一罐维生素片，倒出两颗递给她。最近几个月，我的手指总是脱皮，医生说应该多补充维生素。姜来买了几瓶放在我包里，叮嘱我空闲了就吃。她摆摆手，指着肚皮说："不能瞎吃。"我只好放进嘴里，吞了下去。

"姑姑来吗？"她开了口。

"不来。"我摇头，双手交叠在一起。

"还在美国？"她又问。

"对。"我说，"去年回来过一次。"

钟声敲了十二下，叮叮当当，左侧的大门打开了，首先出场的是我爸，司仪调侃了几句他的发型，全场响起了笑声。我爸摸摸头，回怼了一句，宾客们又笑了。我看着他的脸，竟觉得十分陌生，他老了，以一种平和的方式，很难想象他以前接送我上下学，时不时踹我几脚。我从小就不是听话的小孩，但总归来说，挨打的次数屈指可数，因为有我妈在，她和我爸的教育理念背道而驰，崇尚鼓励与满足。这可能是他们感情破裂的根本原因。

相比于我，胡瑾芳更可怜，她几乎天天挨揍，舅舅和舅妈的男女混合双打造就了她坚韧的品格。她告诉过我，如果有了孩子，绝不做那样的父母。我表示赞司。

"豆豆没来？"我问。

"没，带着他不方便出来。"她说。

豆豆是她的第一个孩子，男孩。很久之前，她给我打过一个电话，半夜两点多，我一看是湖南的号码，立刻猜到是她。那时我们已好久没联系，我生她的气，她是知道的。我接了电话，问："老胡？"她在那头笑了起来，说："是我。"接着我们聊了几句，无关痛痒的话题，她说她的儿子叫豆豆，长得很可爱，说湖南很潮湿，不如石家庄的气候，然后我们就挂了电话。现在想想，这个电话是我们这几年唯一的联系，但我始终没搞明白她为什么打这个电话。

"你看。"她在手机上翻出豆豆的照片给我看，一个瘦瘦的小男孩，站在院子里，手里拿着一个小型挖掘机玩具。"已经上小学了。"

"可爱。"我说。

几个小礼炮突然炸开，扬出荧光片，落到我们头上。一个男人搀着李苗，沿着红毯，走上舞台。人群响起海浪般的掌声。他们缓慢走到我爸面前，男人把李苗的手交给我爸，表情有些紧张。我爸掀开她头顶的白纱，吻了她，给她戴上钻戒。李苗的肩膀抽动起来，她躲进了我爸怀里。人群又响起了掌声。

"我最近总梦到姑姑。"她说。

"梦到什么？"

"说不清，很乱，也梦到咱俩，小时候，长大后，一些事儿。"她皱起眉头。

我叹了口气，把脸转过去。一道闪电划过，响雷在天边炸开，雨很快来了。天花板亮了一下，五颜六色的彩带发出微弱的光。台上的我爸和李苗正喝交杯酒，司仪一边起哄，一边拍打手心，周围的人们在我们身边呼来喝去。我突然有种错觉，所有人像昆虫一样融进巨大的松脂里，时间就此停滞。

"你还记得那些信吗？"我问。

"哪些？"

"我妈给我写的。"

"记得。"

以前我们常趴在床上，读那些信，一封一封，都是我妈写给我的，从初中到高中，写了整整六年。信的开头往往是"吾女好，展信佳"，搞得跟拍古装片似的。其中有封信我印象深刻，是我刚恋爱那阵子收到的，粉色信纸，蓝色墨水，写着："接下来我要展示一个东西——安全套，用来预防疾病和怀孕，又称女人的解放器。现在你可以把它拆开，往里面灌水，观察其形状和韧力。如果有一天，你和男朋友进行深度探索，务必使用，保护自己的身体健康。"胡瑾芳将蓝色杜蕾斯捏在手里，不知所措。我笑着说："我早就知道了。"她问："知道什么？"我说："做爱呀，我已经做过了。"她依然不懂，我就闭了嘴。

"如果我能再生个女儿，我也会给她写信。"她摸着肚子说。

"如果她像我这样，不结婚不生孩子，有时候还会脚踩好几条船，你会教训她吗？"我盯着她的眼睛，"就像以前咱们讨论的那样。"

她也盯着我，说："你是不是做削骨手术了？"

我点头，指指自己的眼睛鼻子："还有这里也动了。"

"真好看，不过有点假。姑父的新老婆也有点假。"

"无所谓啦。"我说着，站起来，"我去厕所抽根烟，一会儿就出来。"

她点头，我穿过拥挤的座椅，走到卫生间，靠在门上。一股柠檬的味道，我点燃，吸了一口，盯着镜子里的自己。脸小得终于满意了，眼睛大，鼻子挺，有次我在路上走着，有男人搭讪问我是不是混血。我散开头发，出门前洗的，还没干透，护发精油的香气溢出来。我已经想不起原来具体的模样了，我笑了笑，低头看手腕处蓝绿色的血管，网状的，交叉在一起。

我第一次整容，是在大二，因为我想当大明星，在灯光夺目的舞台上拉大提琴，为了上镜，必须有张巴掌脸。我以前是个大脸妹，和窄弱的肩膀不成比例。而胡瑾芳和我的身材刚好相反，她一米六，肩膀宽阔，丰乳肥臀，脸小成了巴掌。初中时，舅舅说我的身材加上她的头，定是万里挑一的大美女。可这个大美女是她还是我，他没说明白。为此，我和胡瑾芳打了一架，她力大无穷，把我从床上扔了下去，摔断了左胳膊。住进医院后，我发誓和她此生不再往来，结果第二天，她也住进来了，舅舅把她狠狠修理了一顿，引起了轻微脑震荡。看到她鼻青脸肿的模样，我感到愧疚，于是我们冰释前嫌，挤到一张病床上，分享班里哪个男生最好看，哪个女生来了大姨妈。那天下着雨，我记得很清楚，滴滴答答，像一场连绵不绝的耳语。我突然再次迸发出离开的念头，便说："老胡，你还想去别的

25

地方吗？像小时候那样。"被子蒙在我们头顶，空气闷热，我拉着她的手，厚厚的，硬硬的，指甲掐也毫无知觉。她问："这次想去哪里？"我摇头："不知道，哪里都行，只要别是这里。"她的头上缠着绷带，像个褪色的花椰菜。她说："成，等出院了咱们就坐火车走，你坐过火车吗？"

　　离家出走是我们三四岁时开始的游戏。那时我家小区里停了辆锈迹斑斑的公交车，玻璃全碎了。我和胡瑾芳把毛毯铺在上面，盯着车顶躺一下午。我们还没上学，总幻想离开这里，去更远的地方。后来得出结论，沿着大路一直往东走，也许能找到那棵树，结的果子堪比唐僧肉，可以长生不老。这个故事不是我臆想的，就是胡瑾芳臆想的，记不清了，反正我们都想拥有钢铁之身。于是我们不停往东跑，经过便利店、红绿灯、光秃秃的树，和我们住的街区没什么不同。但我们固执地相信定会有所收获。有次天黑了，我们迷了路，胡瑾芳坐在路边流泪，但我一点都不悲伤，提议继续往前走，反正黑夜过去又是白天。她不听，把头埋进胳膊，肩膀剧烈地抽动。我想起了鸵鸟的故事，鸵鸟害怕了就会把头埋进沙子，以为能躲过一劫。我笑着问："你是害怕吗？"她不作声，突然站起来，推了我个狗啃泥，这下轮到我号啕大哭了。我的哭声引来了一对父子，他们本来在报亭打盹。说明情况后，儿子骑自行车把我们送了回去。回到家，事情暴露，挨了一顿狠打，被警告不许再乱跑。

　　抽完烟，我回到座位，婚礼仪式已经结束，我爸和李苗挨桌敬客人酒。我们这桌也坐满了人，他们撕扯着每一盘菜。胡瑾芳没有动筷子，胳膊拄在桌子上，眼睛一动不动。

　　"湖南还适应吧？"我问。

　　"适应了。"她没有抬头。

　　小雨很快转成了暴雨，碎液拍打在落地玻璃上，一层层的，看起来十分脆弱。我想起大学时，去澡堂搓澡，有面墙布满水汽，我们光着身子，一笔一画写喜欢的男人的名字。她喜欢过一个外号叫"长颈鹿"的男孩，个子高高，黑黑的，虽然算不上好看，但在工科院校，矬子里拔将军，瞬间就顺眼了许多。

"哎。"她叹气，"我刚才想了想，也许以前的你才是对的。"

"什么？"

"你的爱情观。"

"其实也没什么具体的观点。"我说，"我就觉得，不管怎么样，开心就好，没有什么比开心重要。"

"你和以前的男朋友们还有联系吗？"

"没了。"我说，"都分手了还有什么好联系的。"

"那你现在单身？"

"有一个男朋友，谈了五年了。"

"真的？"

"真的。"

"不像你的风格，我以为你会有好多情人。"

"目前这个各方面都还可以。"我说。

她一直觉得我在感情方面有问题，因为我的恋爱总是同时进行，有时和两个人，有时和三个。这种情况高中时就开始了，直到遇到姜来。大学时，我有一个正牌男友，还有两个情人，彼此不知情。我喜欢"一号"的钱，"二号"的脸，"三号"的智商，我经常想，如果这三人合成一个，该多完美啊。胡瑾芳对我这种做法提出了严肃批评，说人在爱情里应该忠诚。为此，她举了好多例子来论证：我没有爱过别人，只爱自己。我问："什么是爱？"她说："爱是付出，是忍让，是牺牲，是患难与共。"我被她这几个高大的词砸得晕头转向，无法反驳，只好求助于我妈。我妈笑着说："爱不是患难与共，是合作双赢。忠诚也不是忠于别人，而是忠于自己啊。"我把原话复述给胡瑾芳，她嗤之以鼻，呸了几口，恨不得扇我几巴掌。

那时，她真正爱上了一个人。对，她就是这么说的，她真正爱上了一个人。那人我见过，是她暑假做兼职的蛋糕店店长，比她大十几岁，离异，有两个女儿。他把她推到仓库的墙角，夺走了她的初吻。她说，从未有过的感觉，就像摸到了天上的星星。我对此不屑一顾，说他的行为已经构成了性骚扰。她又呸了几口，把这种情感大肆渲染，描绘成真爱。我本以为她很快就会明白，谁料最后竟越陷越深，直到被搞大了肚子。

我爸和李苗走过来，给我们这桌敬酒。他看到胡瑾芳，笑着说："瑾芳来啦，路上累不累，肚子几个月啦？"

她看了看李苗，喝了口水，说："八个多月，不累。"

"我舅舅家的表姐，胡瑾芳，和我同年，月份比我大点。"我对李苗解释。

"你好你好。"她和胡瑾芳握了握手，脸上一片红晕，像是喝多了。

"爸。"我说，"打算去哪儿度蜜月？"

"意大利，看画儿去。"他眼睛瞥向李苗。

"挺好。"

"到时给你带纪念品。"李苗说。我点头，他们绕到别的桌子前敬酒。

又炸开了几个响雷，暴雨把空气染得十分模糊，已经看不到对面的建筑了。虽隔着层玻璃，仍能感受到空中的湿气。我问胡瑾芳冷不冷，她说不冷，甚至有点热。

"你男朋友是做什么的？"

"我们还是多聊聊自己吧。"我说，"这几年你在湖南做什么？考上铁路局了吗？"

胡瑾芳大学学的土木工程，以全校第一的成绩入校，学校就在我学校旁边。那时我们谁也瞧不起谁，她说学音乐的都是卖唱的戏子，我回击她土木工程就是修路盖房的苦力工。但是她的确比我厉害，奖学金、助学金，年年都有她的份儿。老师本来是要给她保研的，但她因为所谓的爱情，放弃了机会，连毕业证都懒得要了，说反正可以成人自考。我回忆她圆滚滚的肚皮，和现在没什么区别。因为怀着豆豆，她吃了不少苦头，剧烈地呕吐，什么都吃不下，有时甚至会阴道出血。她战战兢兢，在我的床上哭醒，害怕失去这个孩子。我不理解，骂她脑子有坑，逼她去医院流产，重回大学完成学业，不去就让她滚。她没有妥协，即使舅舅把她赶出了家门，孩子爸也因为工作无法照顾她，可她像喝了迷魂汤，铁了心要生下豆豆，最后确实做到了。我还记得她挺着大肚子，站在火车站门口，和我告别，脸上是沉醉的表情。她说："你知道吗蒋绘，我从没有这样爱过一个人。"我说："你别后悔。"她说："我不后悔，如果你明白什么是爱，就不会这样说了。"我说："我再也不想见到你，如果你跟他走。"她笑着拍拍我的肩，头也不回地进了站。

　　"没有考，你不知道，带孩子太费精力了，每天都很累，根本学不进去。"她说。

　　"那为什么还生二胎？"

　　她低下头，看着自己的肚皮，没有说话。

　　天上像伏着一条灰色巨龙，准备随时冲出来吞没世界。雨大得令人心慌，伴随着滚滚雷声，但屋子里依然祥和，音乐悠扬，我爸和李苗脸色红润，宾客心满意足吃着宴席。我突然想到平行世界这个词，姜来以前说过，如果有平行世界，那里的他应该和这里的他过着同样的生活，因为他想不到还有什么更好的生活了。我想，大部分人总是会后悔，选了 B 想要 A，选了 A

想要 B，如果是我，可能会过完全不同的日子。

"你觉得有平行世界吗？"我问。

"平行世界？"

"对啊，另一个世界，里面也有我们，但又不是我们。"

"不相信。"她坚定地说，"只有一个世界，就是我们现在所在的世界。"

"好吧。"我点点头，"这都没准的事儿。"

"如果真有平行世界的话。"她说，"那我可能和你一样，不结婚。但我想要豆豆和这个孩子。"她继续抚摸肚子："你摸摸，她在动。"

我贴上她的肚子，没感觉到什么。我摇头。

"等等。"她摁住我的手。

电流一般的轻微颤动，像是浮在水面上，我笑了起来："还真有啊。你什么感觉？"

"其实没什么感觉，不疼不痒。"她说。

我爸和李苗敬完了所有的酒，又向我们这桌走来。他们交叠着的身影，像一对恰到好处的恋人。我又想起了那个终极问题，什么是爱？我爸，结过三次婚，有过几个情人，这些人他都爱过吗？

"吃好喝好。"我爸对我们说。

"挺好的。"

我初中就知道他有小三，还见过其中一个，叫梅姨，长相没我妈好看，胜在胸大屁股翘，像粉嫩嫩的水蜜桃。她坐在沙发上，指尖放在我爸的大腿根，被我看个正着。说实话，我不愤怒，不悲伤，也不羞耻，就是觉得狗血，跟电视剧似的，说出来别人都可能不信——怎么就让我恰好看到了？那时我问胡瑾芳："舅舅要是出轨你怎么办？"她说："为了我妈，我会

30

剁掉小三！"我看着她义正词严的脸，有点害怕。我似乎从没操心过我妈的事，挺不公平的，光她操心我了。我是不是应该为了我妈，把我爸或者小三骂一顿？但最终没这么做，我只是打了个招呼，懦弱地回了自己屋，把这事埋在心里。所以后来，我妈提离婚的时候，我感到如释重负。她是沉得住气的人，我猜她早就知道我爸的风流韵事，她不在意，每天看电影，做美容，喝茶，倒也有滋有味。亲戚们都说她是个好女人，直到她办好美国签证并转移了我爸的财产后，才使人大吃一惊。我至今仍佩服她的行动力，以四十五岁的高龄申请了美国的电影硕士，并顺利留在了那里，没再结婚。我有次和我爸一起喝酒，他喝醉了，说，唯一后悔的事就是没有珍惜我妈。我知道，他说的是真的，但做不到也是真的。

"你什么时候回湖南？"我爸问。

"不知道呢。"胡瑾芳面露难色，看了看我。

"你可以去蒋绘家多住几天，她有套空房子。"我爸说。

我看向我爸，他已经有些不清醒了，褐色瞳孔散出奇异的光彩。李苗紧紧挽着他的胳膊,灯光打在她的鼻影上,更挺拔了。

"行。"胡瑾芳说，"我先去个卫生间。"

"下次，我们可以约出来喝喝咖啡。"李苗冲我眨眨眼。

"一言为定。"我说着，余光瞟到去往卫生间的胡瑾芳。

姜来的电话响了，我站起来，在窗户旁边走动。外面的雨大得惊人，我从没见过这么大的雨，似乎要冲垮整个地球。我感到整个高楼摇摇欲坠，地板在雷声中颤动，一阵不安的感觉浮上来。

"怎么了？"我问。

"雨下得太大了。"他熟悉的声音，"你开车了吗，要不我去接你吧？"

"我开车了，没事，不用担心。"我笑着说。

"老爸还好吧？"

"好得很。我晚上可能不回去了，带一个老朋友，去那个家里住。"

"好，要开心。"

这时，女服务员跑过来，在我耳边小声说："那个怀孕的女士是您朋友吗？她在卫生间，有点不舒服。"我挂掉电话，跟她跑到卫生间，看到胡瑾芳蹲在地上，捂着肚子。

"怎么了？"我喊了起来。

她发出微弱的声音，好像在说肚子疼，我蹲下去，握住她的肩膀，她的脸色苍白，额头一片细小的汗珠。

"打120吧。"一个服务员说。

"直接送医院吧，离这儿两公里，等救护车有点慢。"另一个服务员说。

"去医院吧。"我扶她慢慢站起来，叫了两个人，搀着她去电梯等我。我找到已醉醺醺的我爸，说："爸，我得走了，胡瑾芳不舒服，我送她去医院。"李苗问怎么了，我说："没什么大事，你们先忙，我日后再来拜访。"

在地下车库，我又接到姜来的电话，他说："我到酒店了，下这么大雨，我不放心你们，完事了喊我。"我告诉他胡瑾芳不舒服，让他把车开到B区，送我们去医院。没一会儿，就看到车灯由远及近，一辆庞然大物缓缓停在我们面前。姜来下车，把胡瑾芳抱到后座，我坐到她身边，小声呼唤她。

我说快点开，去最近的医院。姜来狠踩油门。老胡闭着眼，紧皱眉头，抓着衣角。我说："老胡，醒醒，是不是肚子疼？"她叹气，瞥了我一眼，没有回答。开出地下车库，雨水像长棍击打在车上，发出噼里啪啦的响声，瞬间一片模糊。虽然雨刷在不停摆动，还是什么都看不清。雷声一个接一个，仿佛就在耳边，急促的闪电照亮了乌压压的城市。姜来放慢车速，害怕撞上被风刮倒的树。世界末日？我轻轻喊着胡瑾芳，想让她睁开眼看看，像不像电影中的世界末日。也许马上会刮来一阵飓风，把我们卷入黑洞，到达平行世界。

这时我注意到，她的白裙子上渗出了密密麻麻的血迹，像是扎了很多的小孔。我咽了口唾沫，腹部像是有什么东西在不停搅动。我见不得这种场面，大脑瞬间空白，急得拍姜来的座椅。他回头看了眼，只好把车停到路边，"不行，雨太大了，你看前面，是不是塌方了？"我顺着他的胳膊看过去，路面陷了下去，形成巨大的缺口，有车停在对面。

"老胡你快醒醒！"我转过头看她，她的手揉成一团，发出微弱的哼哼声。我拿出纸巾，想帮她擦一擦，却看到某种液体流了出来。我想到电影里看到的，女人在生产之前会羊水破裂。要生了。我摸摸她的额头，好像有点发烧。她慢慢恢复了意识，大概是疼痛惊扰了她，她皱起眉头，一副不堪忍受的表情。雨水像一口巨大的锅，把我们罩起来，使我有了某种安全感。

"打120……"她说。

我恍然大悟，赶紧让姜来拨通120，说了具体位置。医院说由于大雨，可能要延误几分钟。

"没事……"她伸出手让我握住。

"疼吗？"我快要哭出来了。羊水继续流淌，夹杂着血迹，十分不堪。她的嘴唇变白了，和脸色融为一体。

"我离婚了。"她虚弱一笑，"不回湖南啦，豆豆跟他，这个孩子跟我。"

我深吸口气，把后座放平，形成一张大床，让她保持呼吸通畅。

"离婚没什么大不了的，现在离婚率很高。"姜来说，把卫生卷纸递给我。

"我们能住一起吗？像以前那样。"她问我。

"可以。"我说。

她的眼角挤出几滴泪，指指肚子："要生了，快，快脱掉我的……"

还没说完，她的指甲掐进我的肉里，我疼得叫了一声，连忙抽出来，把卫生纸塞到她手里。我抬高她的双腿，脱掉满是血的内裤，扔到一边，肚子也剧烈地疼起来。外面依然暴雨，没听到救护车的声音。我不知所措地看着她因痛苦而变形的脸。羊水流得更多了，她的肚子上下起伏，仿佛承受着巨大的压力。我似乎听到了骨头断裂的声音，她一边往下推肚子，一边大口吸气用力，脖子涨红了，胳膊也红了，汗水像丝线，落到我手上。我掀开她的裙子，往里看，吃惊地发现，孩子的头已经露出了半截，头发乌黑乌黑的。

"再用点劲儿！"我喊了出来。姜来在前座，有些不知所措，不知该看还是不该看。我让他闭上眼喊加油。

她继续用力，我眼睁睁看着完整的头部露出来，胳膊露出来，腿部露出来，最后，我轻轻抓住小人，往外一拽，连同脐带，整只出来了。伴随着瓢泼大雨，车里传出洪亮的哭声。这个小小的脏脏的丑东西，还未睁眼，被我托在手里，像托着一件圣物。那一瞬间，仿佛天底下所有的光都聚在了她身上。是个女孩，是个漂亮的女孩。我不知怎么回事，咧开嘴，也轻轻地、轻轻地哭了出来。我想起了破旧的公交车，想起了大提琴，想起了翻滚的绿叶，想起了妈妈的眼睛，最后，我把这一切统统忘掉了，只是静静地看着她，什么都说不出口。

圣山

○ 一 ○

　　庆都寺在清虚山上，气温比镇上低三五度，一来海拔较高，二来恰逢两座山相夹的风口。这是一个很小的寺，占地约几百平方米，寺里的和尚也只有三位：一位六七十岁的住持，法号惠觉；一位三四十岁的和尚，法号慧心；一位二三十岁的行者，本名静川没有法号。与其他县市的寺庙相比，庆都寺的规模小得多，状况也萧索得多。听镇上的人讲，二十世纪九十年代，庆都寺有过一段鼎盛时期，十四个和尚住在这里，一位弟子把某位领导的隐疾治好了，为此，领导送了一座巨大佛像，帮寺庙大肆宣传，一时之间，朝拜的人从山脚排到门口。后来死了几个人，传闻说是踩踏事件，并无考证。那位领导被停了职，寺庙便逐渐没落了。

　　顺着长长的阶梯往上爬，树木如同耀眼的绿油漆黏在两侧，由于人少，鸟儿清脆的鸣叫萦绕在耳，偶尔惊得飞起来，翅膀噗噜噗噜作响。上去后先看到一座青色方形门，门口有两个白石柱子，写着几个模糊的古字，猜测是"朝花夕拾"。进去后是干净的水泥地，三棵参天大树用石砖围成一圈，野草花朵在底部蔓延，立在拱形朱砂门两侧，远看交织成了一个川形。再进去就是正殿了，正前方只有一座弥勒佛，袒胸露腹，笑容可掬，脚底下摆着一张红木桌，桌上放着几盘水果和燃香鼎，供来往的人拜一拜。

我和张小婷是早上来的，路上几乎没有人，十分清静，加上寒冷的缘由，身体有种缓慢沉淀的感觉。穿袈裟的慧心接待了我们，他脸蛋圆圆，眉清目秀，确有几分儒雅之气。张小婷问他："烧香拜佛灵不灵？"他只是笑笑，点头颔首，没有回答。空气里弥漫的香气和古朴的钟声形成温柔的对照，我望向远处的山头，连绵一片，苍翠欲滴，伴随日光打出的绚丽层次，像啤酒的浮沫。我们每人点了三炷香，跪在垫子上磕了三个头。张小婷悄声问我许了什么愿，我说没许愿。其实我许了，希望能找到一份满意的工作，但怕说出来就不灵了。她问："怎么，为什么不许？"我问她："你许了吗？"她说："许了，我希望早点找到马丽静。"

拜完佛，我们坐在庭院的石凳上，右侧有一个小巧的湖，湖水清澈，几只红锦鲤游来游去，波纹隐隐触动湖面上的睡莲。我把手伸进去，转着圈圈，指尖一阵清凉。张小婷站起来，阳光穿过树的缝隙洒落在她身上，光与影在此刻交汇。她的眼睛狭长，说话时喜欢盯着人的瞳孔，透出一股自信的媚态，想必对着镜子练习了好久，一板一眼，一颦一笑，才有这样的效果。她的美像秋天的果实，和她走在一起时，我是高个子女孩，她是小个子女人。我并不介意这种差异，反而想和她更亲密，因为只要她在，就有着重新开始生活的可能，不然，我们怎么回到了这里？

她走过来，模仿我的动作，也把手伸进水里，说："这里真安静，适合写小说，比春天旅店好很多。"我说："的确。"她想了一会儿，又说："这样吧，我去问问慧心师傅，晚上能不能住在这里。"她站起来，水滴顺着指尖流淌，与红色裙摆掀起的香气撞得满怀。

太阳升到了最高处，云层像一块块苍白的皮肤贴在上空，边缘模糊，和蔚蓝融为一体。不知为何，我的眼皮跳得厉害，某种奇怪的预感再次笼罩在心头。我掏出项链，说是项链，其实是一块老式怀表，表针脱落，失去了计时功能，胜在颜色干净，小巧精致。大学时在夜市上淘的，一直当项链戴在身上，背面有个暗扣，可以打开。看了一会儿，又把它放回衣服里。

张小婷沿着斑驳的树影走回来，红裙子仿佛一团燃烧的火焰。这个场景令我觉得似曾相识。她说慧心师傅同意挂单，在这里住三天，就在西边的厢房，但我们得跟他们一起上早课和晚课。我点头，想到行李还放在春天旅店，提议下山拿一趟。她说："好，吃过斋饭再回吧。"

厨房在佛堂的后侧，从庭院绕过去，穿过菜园里的木架小路就到了。整条小路被吊兰包住，两侧是五颜六色的蔬菜，黄瓜、番茄、豇豆、小白菜、油麦，长势喜人，生机勃勃，能闻到淡淡的清香。房檐雕刻出几朵玉兰，门上红色的油漆剥落了，一进去，只有一张深灰色的木桌。桌上已摆了三碗面条，切了黄瓜丝和胡萝卜丝，配着西红柿茄丁卤。慧心师父站起来，招呼我们坐下。草草吃了几口，张小婷一直和师父聊天，从他口中得知，他是前年来的，原本在县文化馆上班，觉得乏味，就到这里来了，一来图个清静，二来想锻炼心性。老住持惠觉已经待了三十多年，曾是个皮匠，生意做得大，在镇上有个如花似玉的老婆，生产时大出血，大人小孩都没保住，消沉几年后，选择了出家。我问："那另一个行者呢？"慧心说，他叫静川，去年来的，还在考核阶段，通过后即可受戒。

吃完，我们要洗碗，慧心执意他来，让我们去寺里多转转。出了厨房，穿过庭院和正殿，绕到另一侧的小钟楼。一口铜钟悬挂于中央，凑近能听到嗡嗡细响，风声回旋，相交后产生了此起彼伏的律动美。忽闻一阵奇异的香气，再往深处走，发现一座两层阁楼，立于山头另一侧，隐藏于树丛之间，需沿小石阶再往上，梁柱交错，斗拱支撑，人字形两面坡屋顶上铺着青瓦，边缘雕刻着飞扬的字符，远看极其别致。我们走上去，门口挂着一把锃亮老式方形锁，看样子经常有人来。张小婷问我："你闻到没有？"我说："香味，很好闻。"回头，瞥到一抹暗黄的影子，很快消失于树丛之间，不知是人还是动物，恰又处于阴影之下，风一吹浑身发冷，没有细想，便拉着张小婷下去了。她拿出手机搜了搜，说："看结构和式样，应该是藏经楼。"

我们跟慧心师父道了别，表明下山拿行李，晚上再回来。路上，张小婷面露沮丧，问她怎么了，她说："我刚想到，愿望说出来就不灵了。"我说："别想太多，找一个许久不联系的人本就不容易。"她说："我总有一种马丽静就在附近的感觉。"我安慰她："就算找不到马丽静，你也能写出来的。"她没有接话，又露出那种既惶惑又胸有成竹的表情。我突然想到某个晚上，我刚进入睡眠，突然被张小婷的嘶吼声吵醒，我跑去敲她的房门，她等了一会儿才打开，告诉我，没什么事，做噩梦了。我问需不需要我陪着，她摇头，脸上就是这副表情。关门时，我透过门缝看到摔在地上的手机，屏幕碎得亮晶晶的，我隐约感觉发生了什么事，又不好问太多，心头被不安笼罩着。

张小婷依然充满神秘。

◦　二　◦

我和张小婷的重逢充满偶然，但偶然中又含着必然，如果不是那天碰面，也会在某一天碰面，只要时间够久，碰面是迟早的事。那天是十二月二十三号，我去北京电影学院参加研究生考试，在考场门口碰到了她。她戴红色针织帽，穿鹅黄色羽绒服，在人群中格外耀眼。她也认出了我，笑着喊："哎，是王琳吧？"我们聊起来，发现了一个巧合——工作的地方在一条街上，紧接着又发现了另一个巧合——住的地方相距不到两公里，而我们从未见过。

我们是高中同学，我不记得同学聚会上有没有见过她了，印象中她应该没去，毕竟她曾是个不爱交际的人。上学时，她总坐在第一排，留给同学们一个骄傲的背影，肩膀和手臂连成一道曲线，随着写字的手上下浮动。她的名字在成绩单上也是第一个，所有老师都喜欢她，上课时叫她回答问题，她站起来，先发一个呃的音，然后叹口气，有条不紊地讲出来，声音细细的。在班里，她几乎没什么朋友，男生不喜欢她，女生也不喜欢她，可能因为她身上的神秘感——她会突然消失一两天，然后又回到课堂上，没有人知道她去了哪里。有人说她交了男朋友，是社会上的小混混，头发染得乱七八糟；有人说她和一个大肚子的老男人走在一起，动作十分亲昵。流言蜚语像雪球越滚越大，直到所有人都有所耳闻，暗地里喊她小婊子。我和她做过半年同桌，未发现她有哪些常人不能忍受的问题，反而产生了好感。但为了不被其他人孤立，我还是和她保持了一定距离，不能太亲密，也不算太疏远。她当时应该有所察觉。

考试时她坐在我斜对面，除了背影更纤瘦外，没看出其他变化，依然有股无法形容的劲头儿支撑着她。答题过程相当煎熬，白花花的卷子和草稿纸，令我头晕目眩，甚至有点恶心。我没有准备好，一鼓作气，再而衰，三而竭，何况是第四次考呢。每年都兴致盎然地报名，灰头土脸地复习，漫不经心地考试，像一场裹挟其中的游行。坐在这里的考生，应该没有比我年纪更大的了。为什么变成了这样，我不知道，我只记得，我以前不这样。但又是多久以前呢？

大学毕业后，我来了北京，先干的是专业老本行，在药企做医药代表，为了谈业务，几乎每晚都陪主任医师喝酒，一年后胃出了毛病，当机立断离了职。接着干房产中介，赶上房价涨潮，攒了一些钱，只是每天热脸贴冷屁股，心里不痛快，不免对销售行业厌倦了。思来想去，我去了一家广告公司做打字员，不用说话，只需盯着电脑，除了近视越来越严重，其他都能忍受。细细回想，这几年里我总是很麻木，唯一确定的，我讨厌工作，工作对我而言只是毫无意义的损耗。我必须找一件热爱的事，来抵抗这种无力感，如果做不到，给一些心理安慰也好啊。

深夜时我躺在床上，反复逼问自己："你到底喜欢什么，你到底喜欢什么呢？"终于在某个夜晚，我想到了答案——电影。我喜欢看电影，尤其是吃晚饭的时候，必须拿出一部片子，摆在旁边，哪怕不看屏幕，也要听着声音，糟糕的情绪随着电影的结束而消失。就这样，我买了几本电影理论书，决心考导演系的研究生。这个决心像小时候堆的雪人，一次次融化，又一次次堆起来，成了支撑我留在北京的唯一一件事，或者说，精神上的庇护所。甚至连结果都没那么重要了，只要是在一次次奔向考场的路上，似乎就不算完全的失败者。

张小婷考剧作的研究生，并没有令我惊讶，她喜欢在日记本上写言情小说，一章一章，环环相扣。同学们不喜欢她，却喜欢她的小说，那个本子在班里传来传去，所有人看得津津有味，催促她快点更新。我记得她写过一个烂俗的三男爱一女的故事，把读者感动得流泪。那时我问张小婷是不是想当作家，她摇头，笑着说没想那么远，只想以后多赚点钱。我才注意到，她的衣服总是洗得褪了色，白一块，黄一块，显得邋里邋遢。其实她长得很标致，稍微打扮一下就能光彩照人。但她告诉我，她家姐弟三人都在上学，经济压力不小，每月的饭钱都是勉勉强强凑出来的，没有闲钱买新衣服。

考试结束后，我们一起去大悦城吃饭。她问我考得怎么样，我摇头，说没怎么准备，她说她的专业二也没答好，估计是没戏了。我们互相安慰，没事的，还有明年。好像明年永远代表着新的希望。店里人很多，拿了号坐在门口排队，看着一个又一个疲惫的身体走过去。我说："你变得真好看。"她笑着说："你一直都很好看。"这两句夸赞缓解了太久未见的尴尬，我们一边叹气一边回忆高中的趣事，惊呼已经过去了九年。没想到，成年后的我们也拥有了这么长的时间跨度，而那些趣事清晰得像刚刚发生过。

一阵短暂的沉默后，她突然问我："你还记得马丽静吗？"我茫然地在脑海中搜寻这个名字，一无所获。"就是疯了的那个。"她有些紧张，抬头看了看四周。"哦，想起来了。"我说，"后来她退学了。""是的。"她说，"我最近见过她一次，她抱着孩子，和老公在天安门前合影。""最近？""对，就是最近，不超过一个月，我一下子就认出她来了。""这么巧。""是啊，很巧。""她有变化吗？""有，老了很多，太老了，我看了她一会儿就走了。""她没认出你？"张小婷摇了摇头。

她一边吃着三文鱼，一边说："这顿饭我来请。"我观察她的包和衣服，没看出发财的迹象，想必和我一样勉强温饱。按理说，她应该是同学中最有可能发财的人。我说："不用请，AA 就好。"她没有推辞，问我："你最近换房子吗？"我说："快到期了，还没续租。"她说："和我一起租房吧，省钱。"

原来，她有一个舍友要离开北京回老家了，房子还有一年到期，想便宜转租，意味着我每月可以省下五百块，便应了下来。吃完饭，我们逛了逛商场，她买了一件打折的羽绒服，试穿时在镜子面前转圈，看着老了一点。我也不再年轻了，有天早上醒来，发现了眼角的细纹，一层层的，像植物的叶子。

一个月后，我搬到了张小婷的隔壁屋，好在东西不多，没有找搬家公司。房子在九楼，原本只有两室，房东加了隔板，弄成四室。我住的屋是餐厅改造的，方方正正，很小，放了张一米二的单人床，衣柜的门只能打开一扇，书桌紧挨着窗户，除此之外，没有别的了。张小婷问我是否满意，我说都差不多，在北京还想租什么豪宅呢。她领我参观她的屋子，地板上铺着格子地毯，墙上挂满亮闪闪的小彩灯，大飘窗上放着白色矮脚小圆桌，桌上有个咖啡机。我问她："租的房子，还弄这么好？"她莞尔一笑，说："那也得享受生活嘛。"这时，衣柜的门突然开了，庞大的各种颜色堆在一起的衣服，顿时松散地冲到我脚下，我不禁瞠目结舌，问："你怎么塞进去的？这么多衣服，像个火山。"她不好意思地说："平时都摆在外边，你来了，我才收拾一下。"

张小婷是个购物狂魔，她给自己起了个外号，叫"清扫一条街"，工资一半用来租房吃饭，一半用来购物，是个名副其实的月光族。她的生活理念是"人生苦短，及时行乐"，这点和之前的她大相径庭。高中时她为了存钱，吃了上顿没下顿，我看不过去，把零食分给她，问她何苦虐待自己，她告诉我："以备不时之需嘛。"有次她回了家，班里传出她退学的消息，考第二名的家伙很高兴，如果她走了，他就可以考第一了。两周后她又回来了，依然穿着那身褪色的衣服，双眼红红的。我问她怎么了，她说生病了，一直在医院输液。然后她用一种自豪的语气跟我解释，说她攒下来的钱派上了用场。我问她："你攒下了多少钱？"她说："一百多块呢。"听她这么说，我受到了鼓舞，也有模有样地学起来，不再吃烤肠，也不再喝汽水，把省下来的钱包到小手绢里藏起来，每晚数一数。这个习惯一直影响到我现在。

◦ 三 ◦

从山上往下看，镇子的边缘是一条宽阔的河，河面从黏土岸边开始铺展，占据了地平线。曾有一年，镇上的降水量达到顶峰，河水满溢，发了洪水，淹了附近一座化肥厂。那里地势偏低，又年久失修，所幸是晚上，没有人伤亡，但职工失了业，因为养老金问题堵在政府大楼门口，每天都能听到呐喊声，人头攒动，像将要融化在雨中的烂泥。这几年降水量少了，河水已退到一片鹅卵石和砾石河床后面，涌着缓缓的水波拍打着这片土地，不细看，就像被冻结了般。镇子是绿色的，几十年的老树和新树立满各个角落——这里的人们喜欢种树，几乎每个村子里都有一片树林，有时阳光也无法穿透，加上经常下雨，总是呈现出雾蒙蒙的形态，再不敏感的皮肤也能感受到空中的湿气。道路也比原来平整干净了许多，所有店铺的墙面刷上白漆，配上统一的招牌，显得不慌不乱。店家坐在门口摇着蒲扇，懒洋洋地等客人上门，走过时，几乎没人抬头看，都沉浸在自己的小天地里，更有热闹的人，几家聚在一起打牌，声音满天飞，偶尔吐出几句脏话，里面却藏着笑。这里的人们不喜欢惹是生非，和气候有着密不可分的关系，一个被雨水浸泡的南方小城，想必人也是温柔羸弱擅长忍耐，就像落雨，淅淅沥沥，连绵不绝。我和张小婷的性格中也含有这些成分，我们很像，只是她比我更坚韧。

乘坐山脚的公交车，三十分钟即可到达春天旅店。那里是高中情侣们的驻扎地，经常听到谁谁和谁谁又去开房了，配合着一阵意味深长的笑。张小婷也这样在别人口中出现过，是那个考第二的男生先散播的，说她和一个染着黄头发的混混搂抱着进了那里，所有听到的人都没有质疑，我也没有。我只是在自习课上偷偷观察她的身体，心想这么瘦弱的肩膀怎么能承受一个成年男子？现在，这个旅店的招牌已经破旧不堪，门前修了一条水泥路，两旁新建的高楼把它挤成一长条，在雨中摇摇欲坠。我抬头看，灰蒙蒙的天空像闭合的伞罩住了这片土地，有人陆陆续续地离开，又有人陆陆续续地回来了。

前台依然坐着昨天给我们办理入住的女人，穿无袖白背心，整头泡面卷发，一动不动地抽着烟。我们去房间，各自洗了个澡，懒洋洋地躺在床上。张小婷说："好不真实啊。"我说："什么不真实？"她说："这里。"然后她站起来，赤身裸体地走到窗边，掀开窗帘，静默地站着。在阳光的照耀下，她的皮肤又白又亮，接近透明，身体的曲线也快要消融在明亮中，光圈一轮轮转动，仿佛是飞起来了。我移开眼睛。她指着外面说："我看到了，那里是高中，我们应该去高中看看，也许老师们知道马丽静的消息。"我说："学校都放假了，没有人在。"她说："反正下午也没事干，你不想回去看看吗？"

我并不渴望回到圣山高中，那三年我不开心，生活塌方了一半，生拉硬扯感在体内盘旋。我时刻感到前方有一道帷幕，遮住了我的未来，眼前混沌一片。也是从那时开始，我第一次思考人生的意义，发现其实并没什么意义。

圣山高中建在镇子东边的陡坡上，名字由来没人清楚，是一个规模不到一千人的私立学校，升学率不错。我中考没考好，外婆给我掏了五千块择校费，得以进去读书。张小婷自然是考进去的，不仅免了她的学费，还给了奖学金补助。那时学校门前是一条蜿蜒的土路，下过雨后泥泞不堪，经常有学生摔倒，滑下去，撞到树上。后来镇上出钱，修了一条水泥路，路边建了几个小木屋，租给商贩卖水果和零食。我是走读生，每天穿过熙熙攘攘的摊铺，在树林里瞥到情人们接吻的画面，回外婆家吃饭。张小婷是住宿生，她家在哪里，我不知道，只听说是很偏远的村子。

外婆是镇上有名的人物，被写进了当地的历史手册，第二百三十六页，贴着外婆年轻时的照片，底下介绍她的丰功伟绩，最后来了句评语："这就是我们唯一一位女镇长的日常生活，真是巾帼不让须眉哪！"小时候我不懂这句话的意思，只觉得外婆年轻时真漂亮，戴的围巾也洋气。因为腿脚问题，她提前退了休，带着我从舅舅家的楼房搬到胡同里的旧平房，邻居还是原来的邻居，人们都很尊敬她。她有整面墙的书，很多个百无聊赖的午后，我坐在书房的地板上，屁股感到微弱的凉意，玩具在我手中翻来覆去，外婆始终抱着一本书，发出呼哧呼哧的喘气声。

那是一段美好的时光，甚至可以说是最美好的时光。电扇在头顶吱扭吱扭地旋转，阳光穿过树丛细碎地洒落，随着阴影和风声摇摇晃晃，时不时从屋外传来狗吠声。有时是雨天，空气中弥漫着一股甜腻的潮湿气息，雨点啪嗒啪嗒砸着房顶，忽而狂风大作，雷电交加，外婆便慢悠悠起身，关上书房的窗户，防止弄湿书本。我问她："外婆，你在写什么？"她笑而不语，说我长大后就明白了。

高中毕业的暑假，外婆在床铺下发现了我攒的私房钱，突然失声痛哭，不停跟我说着对不起，看到她这副样子，我心中十分疑惑，又十分不安，也许我不该像张小婷一样偷偷攒钱。第二天，大学录取通知书下来了，我考上了省会一所二本学校，外婆很高兴，带我去镇上最好的商场吃烤肉，并给了我三千块，让我和好朋友去省会玩一玩，顺便看看妈妈。我一拖再拖，快开学时才独自出发，坐在大巴车上，看着窗外的景色由荒凉变得繁华，肩膀处逐渐热起来。那是我第一次离开镇子。我握着外婆给的地址和电话，在汽车站拦了辆出租车，到小区门口后买了串香蕉，不安地盯着来往的行人。和她们比起来，我觉得自己像只灰头土脸的老鼠，在楼下站了半小时，没有勇气上去，拎着香蕉又回了汽车站。到家后，外婆问我有没有见到妈妈，我摇了摇头。她叹了口气，没再说什么。

最终我在箱底找到了外婆的日记本，上面大多是摘抄的读书笔记，比如《红楼梦》里的人物描写、纳兰性德的诗、鲁迅杂文里的片段，还有三三两两的日记。"今天又是雨天，明天也不会晴吧，晚上腿疼得厉害，但我还不老。""人到了一定年纪就变得淡泊了，好像这世间的事和自己毫无关系。""我只希望我的家人身体健康，万事顺意，行将就木之时才明白生命最重要的是平安快乐。"也有几篇是写我的，比如我第一次煮方便面，让她十分惊喜，虽然没有味道，她还是吃得干干净净。她还写道："琳琳长大后最有可能成为画家或作家，她看到电扇就脱口而出，电扇电扇，滋溜溜地转，看到画笔也会拿起来在墙上涂抹。她这么聪明，又那么敏感，我会永远爱她，直到死亡将我带走。但我希望那一天来得慢一点。"

可是，我想我永远不能实现外婆的期待了。

◦ 四 ◦

和张小婷住到一起后，我们几乎每晚都下厨，她有烤箱，可以做各种芝士焗饭，省时省力，没有油烟味。再用咖啡机磨两杯咖啡，坐在飘窗前，边吃边欣赏北京的夜景。我们从没有提过定居北京的话题，因为知道不可能，唯一能做的是让这段居留时间延长，到三十岁，或者三十五岁？反正大家都是这么过的。从这方面看，也许张小婷的及时行乐是对的，还能留在这里多少年呢？但我无法放开自己，就像一个被程序控制的机器人：节衣缩食，每月固定攒三千块。只是，当我看到银行卡余额一点点多起来，宽慰之余反而有种悲凉感。

我本以为张小婷在互联网公司做程序员，她大学读的计算机专业，又是北京的一所知名院校，进大企业并无难度。但她告诉我，她在奢侈品专柜卖包，已经干了三年。我问她累不累，她说一点都不累，不用动脑子，也基本不用加班，提成也不错。我问："那么贵，有人买吗？"她来了兴趣："哎呀你不知道那些人多有钱噢，随便一刷卡就是十几万几十万，好像钱不是钱，只是一个数字。"我点头。她继续强调："真的，那些人太有钱了！"

我想到她的高中的梦想是当个有钱人，又看到她挤眉弄眼无限憧憬的表情，不禁笑了出来。我说："你可以找一份更好的工作，凭你的学历和智商。"她撇嘴，说："你们对我的期望太高了，好像有一条至理名言，考第一的人必须混得好一样。可我不想活在别人的期待里，我喜欢现在的工作环境，我很满意。"听到这话，我为自己的多嘴羞愧了。连自己的人生都无法掌握，还有什么资格指导别人的人生呢？她摸摸我的胳膊，似乎在为刚才的激昂道歉，缓缓地说："我不想再动脑了，我高中那么努力，是因为我想离开那里，而现在我离开了，就想轻轻松松待着，顺便做做喜欢的事。"我问："喜欢的事是写小说吗？"她说："是呀，我特别喜欢写东西。"

看到她虔诚的表情，我终于承认，我是个没有爱好的人。读大学时，舍友们组队玩一款跑车手游，邀请我加入，我玩了一局就放弃了。对旅游也不感兴趣，看到其他人兴致勃勃地晒游客照，我动过出去看世界的心思，想想觉得麻烦，还是算了吧。食物更无法激起我的欲望，大概是因为吃什么都一个味儿吧。逛街、购物、化妆、蹦迪，年轻人喜欢做的事统统在我这儿碰了壁。最令人沮丧的是，我并非如之前所想，对电影充满热切渴望，而是把它当成了解压工具。搬来这里后，我很少看电影了。

吃完饭，张小婷会坐在书桌前写作，有时写小说，有时写自己构思的剧本。我会回房间发呆或者躺在她的床上，有一搭没一搭地和她聊天。大概是喝咖啡的原因，我开始失眠，时间分割成几部分，摇摇晃晃地离我而去。有时候睡着了，中途也会醒来，然后闭着眼到天明，大脑清晰得像被洗过。奇怪的是，我并没有困倦或者乏力，反而一天比一天精神，也许身体在与时间对抗。其间，我会想很多事，项链的事，外婆的事，妈妈的事，多是一些痛苦的回忆。

写小说的张小婷像换了一个人，有时暴躁，有时嬉笑，有时又冷冰冰。她说她已经写完了，是一部长篇，但还在修改阶段，打算改完了给出版社的编辑看。我有些惊讶，问："你要出书了？"她眼里的星星闪烁着，说："不知道能不能出，投稿试一试嘛。"我问她："你到底写的什么故事，给我讲讲吧。"她说："题目就叫'寻找马丽静'。"我恍然大悟，说："怪不得你一直提起她。"她叹了口气，说："不知道为什么，她抱着孩子在天安门前的画面一直出现，一直，有时候还会梦到她，所以我才写一写。"我问："那是个什么样的故事？"她狡黠地说："先保密，还有可改的空间，等改好了再给你看。"

◦ **五** ◦

越过陡坡，先看到一面青灰色的泥墙，当地人都喊"才子墙"，表面纹络早已剥落，留下大大小小的浅坑。这里曾是个关口，哪个朝代遗留的无从考证，只剩光秃秃的一条，像破旧的军旗。才子墙的称呼缘于一位算命大仙，他认为这所高中的升学率得益于墙的庇佑，便冠以这个名号。从墙上的门洞进去是一片开阔的平地，原本种着一些蔬菜，成熟后散给老师们吃，学生们也有偷摘的，现在已修成水泥地面，再往前走一段，就是圣山高中了。

到了高中门口，才发现牌匾上的大字换成了职业技术学校，我和张小婷面面相觑。其他都没变，教学楼立于苍穹之下，白色瓷砖一格格闪耀，偶尔传来模糊的口哨声，划破当下的寂静。空气中有股淡淡的竹子的味道，我大口呼吸，觉得肺里十分清爽。"这是怎么回事？"张小婷嘀咕着，朝保安亭走去。亭子里光线很暗，蓝衣服门卫坐在桌前看电影，屏幕的光映得他的脸色彩斑斓。我想不起是不是曾经那位了，他们都一样胖，也一样老。张小婷敲敲玻璃，他回头，把身子探了出来。"怎么了？"他的声音很大，把我吓了一跳。"圣山高中搬到哪儿去了？"张小婷问，她的长裙被风吹起来，亮片摩擦，发出哗啦哗啦的声响。"圣山高中？"门卫露出迷惑的表情，摇摇头说，"没听过。""这里原来就是圣山高中。"我说，"现在改成了职业学校。""哦。"门卫说，"是个私立高中吧？"

我们点头。他说："应该是倒闭了，镇上下达了文件，教育改革，所有的私立学校都改成公立的了。"张小婷问："那老师们去哪儿了？"门卫说："可能去了别的学校吧，谁知道呢，这年头，什么都不好干。"

这条线索断了，张小婷说："我们没办法通过过去找到马丽静。电话是空号，所有社交账号也停止更新了，现在连高中都没了。"

我拍拍她的胳膊，说："你可以在小说中虚构一个更完美的她，也许她会更高兴。"张小婷说："那又有什么意义？"我说："艺术不是源于生活但高于生活吗？"她又露出了那种特有的表情，说："一切都很不真实。""这句话你已经说过了。"我问，"到底是什么意思？"她不再回答了。

本想进去走一走，门卫说已经放假了，不能随便让人进，只好作罢。从站立的位置望过去，能看到原来的教室，门上刷了一层绿油漆，像抹茶蛋糕。我们沿着才子墙走了一圈，看上面写的字，"××和×××永远在一起""××大傻子""我想考年级第一，求求墙保佑"，诸如此类的话。"你在这里写过吗？"她问我。我点头："你也写过吧？"她摇头，说："从没写过。"如果没记错的话，那句话是用红色砖块写的，我边想边往前走，继续寻找那块痕迹，果然，在一个角落里看到潦草的字迹："希望舅舅快点死掉。""哪句是你写的？"她凑过来问。我指给她看，她没有惊讶，盯了一会儿，说："没关系，我有时候也希望我爸爸死了。"我把脸转开，渴望她能说更多，如果她对我敞开心扉，我也会毫无保留，但她又在这一刻停滞不前了。

人人都说，我舅舅是外婆最大的败笔。他很早辍学，因为外婆的关系进了邮局工作，结婚后嫌工资少，拿外婆的积蓄辞职下海，赔得血本无归。回来后一直在镇上游荡，打打零工，做点小买卖，靠外婆的退休金生活。他脾气很坏，和邻居的关系糟糕，没有人喜欢他。高中时外婆的老房子要拆迁，给一笔拆迁款，他和舅妈每天上门要钱，喊外婆老东西，喊我没人要的赔钱货，还砸了家里的书架，我每天都感觉心脏像是被巨石压着，只要他们来，便躲进柜子里。

我经常想，如果真让我回到过去的话，我又能改变什么呢？所有人都知道，命运总会在该来的那一刻伸出手，让你无所适从。接下来便是漫长的崩溃与抗争，直至妥协，你的身体又会顺流而下。

我叹了口气，并未把那句话擦去。张小婷问："你高中谈了个男朋友吧？文科班的，个子很高，皮肤挺黑的那个。"我说："谈了七个月就分手了。"她说："我记得他一下课就来找你，给你送奶茶，鼻头冻得通红。"我说："你记忆力真好，我都想不起来了。"她问："你们还有联系吗？"我摇头："早没了，听说他混得不错，赚了挺多钱，交了一个模特女友。"她发出赞叹的声音，笑着说："不得不承认，人生就是山重水复疑无路，柳暗花明又一村。"

不知不觉，光线由金黄变为晕黄，又逐渐变为橙红，更加柔和厚重了。夕阳已有一半隐匿到山下，所照之处透出温润安详，静静等候着即将来临的夜晚。一天之中，我最喜欢这个时刻，大人们拎着菜回到家，劳作了一天的身体开始舒展，炊烟袅袅，胡同里浸漫着饭香和孩子们叽叽喳喳的笑声。小时候，我经常坐在石头上，望着布满晚霞的红色天空，心上布满沉甸甸的哀愁。

下了陡坡，拐到林中小路，树叶摇动的哗哗声响跳跃着散落，张小婷扶住裙摆，闭上眼笑起来。我摸了摸树皮，十分光滑坚硬，枝干高大，笔直地刺向天际，抬头看仿佛没有边界。我感到风穿过我的身体，带来一阵莫名的舒适，张小婷突然拉住我的手，在林中奔跑，风声、喘气声、脚步声，一同在耳边炸开。我看不清前方的路，闭上眼，任由她主宰我的身体，她大声笑着，噼里啪啦，轰轰隆隆，世界仿佛在我们身后倒塌。

◦ 六 ◦

二月份发生了两件大事。

第一件是考研成绩出来了，我的分数比去年低，不可能进复试了。张小婷也没考好，其他科目都很高，唯独政治比国家线低八分。我们都深深叹了口气。她说："没关系，明年还有机会。"但我决定要放弃了，我并非真正热爱电影，事到如今，这件事总该停下来了。那晚我们没有做饭，又去大悦城吃了日料，快要春节了，街道上和商场里挂出了条幅和彩灯，行人兴高采烈地拍照合影。接下来，北京的人会越来越少，车也越来越少，离家的人总要回乡过年。去年春节我在北京，晚上饿了想吃馄饨，下楼发现那个常去的小摊也回东北了，只有路灯清冷的光投下，街道寂寂寥寥。

我问张小婷："春节回家吗？"她摇头，说："不回，我很少回去，你呢？"我说："我也不回。"她笑着说："那挺好的，有人陪我过年了，之前都是一个人过。"我们制订了很多计划，看什么电影，吃什么美食，买什么衣服，全部做好了精细的打算。

第二件是我失业了。那是个白茫茫的清晨，早上起床，发现房顶上、街道上、行人的头顶上落满了雪花。这是入冬以来的第一场雪。我穿上厚羽绒服，戴上帽子和围巾，围得严严实实的出门上班。公司距小区只有三站地,在楼下买个鸡蛋灌饼,吃完上楼,时间刚刚好。

办公室的天花板比楼道低一些,每次刷卡进门,都感觉进入了昏暗的地下室,由于墙上只有两扇小窗户,阳光洒落的区域只属于经理的工位,所以每台桌子上都摆着护眼灯。走廊尽头有个咖啡机,免费为员工提供咖啡,为了使工作效率更高。一进来,先是浓浓的咖啡味,再是女同事的香水味,大家坐在工位上,脸色阴沉,像一颗颗落在棋盘的棋子。谁都知道,漫长的一天又要开始了。

来公司两年,我没有交到朋友,工作时禁止闲聊,下班后各回各家,没有相处的机会。这儿的人口流动率高,大多是刚毕业的学生,有的还没过试用期就走了,相比之下,我算是老员工了,一直在岗位待着,不升职不加薪。老板偶尔找我谈话,劝我再加把劲,努努力往上爬,争取当个经理什么的。我知道他的言外之意是主动加班,但我想,开支可以缩减,没必要再做毫无意义的努力。

快到中午时,老板把我叫到隔间,问我老家是哪里,来北京几年了,有没有攒下钱,我一一如实回答了。然后他喝了口咖啡,告诉我,我马上就要失业了,公司会给我一部分补偿。我困惑地看着他,他没再多解释,让我出去收拾东西。回工位的路上,我估算了银行卡余额,不出意外的话,能在北京活半年。同事们看着我,露出惶恐的表情,巡视四周,发现有几个工位已经空了,想必早有裁员的动向,只是我后知后觉。也许我从内心里并没有很在意这份工作吧。

我很快接受了这个事实,把东西装进小箱子里打车回家了,没有和其他人告别。雪堆得很厚,踩在上面咯吱作响,好几年没下过这样大的雪了,雪花不会很快融化,反而在发丝上结了一层薄薄的冰晶。为了防止滑倒，我走得很慢，步伐却越来越沉重。太冷了，我裹紧衣服，身体还是不停发抖，在小区门口买了两瓶韩国烧酒，一起带上了楼。

张小婷正在做饭，问我怎么这么早就回来了。我说："帮我也煮一份乌冬面吧，公司裁员了。"她睁大眼，小声啊了一声，没了下文，跑进厨房叮叮当当。我把东西放到卧室，一个记录会议的绿皮本，一个用了很久的玻璃杯，一个小猪佩琦抱枕，一本日历，一株仙人掌，就这么几样，代表这两年多的打字员生涯，我不禁哑然失笑。本以为这份麻木会持续两三天，就像考研失败后先有一段怅然期，随后才是无尽的痛苦和挫败，但我立刻趴在床上哭了起来。我先是怀疑自己，然后转变为愤怒，最后只剩下无力感。还能怎么样？只能拿赔偿找新工作了。医药代表？房产中介？文员？在北京，一个普通的本科学历还能做什么呢？

哭够了，我擦擦眼泪，去客厅吃面，倒了两杯酒。我们喝了整整一下午，配着饮料和酸奶，最后张小婷跑到卫生间吐了，我的胃像被滚滚岩浆淋烧着，火辣辣的。晚饭没吃，我们回到房间呼呼大睡，第二天快中午时才醒来，口干舌燥，头痛欲裂。张小婷也醒来了，她洗完澡正在吹头发，一副精神抖擞的样子，见我醒了，眨巴着眼睛说："想不想出去走走，帮你散散心？"我说："头疼，不想去。"

我一天没有下床，闭着眼假装睡觉，心脏仿佛被一双手狠狠攥着，胀得难受，不知如何缓解。本以为对这份工作没那么在意，可真正失去时却如此不堪，令我的自尊心翘起来，实在难以接受。这些年，我不想上升，只求生活平静，最好像死水一样平静，为什么连这么微小的愿望都无法满足？我感到胸腔内的气泡一个又一个地破灭了。

七

我们在镇上吃了晚饭，太阳落山后，天空变成藏蓝色，浅浅的月牙像一枚廉价的耳环。微弱的凉意渗进皮肤，从河边吹来的风含着水草的腥气，轻轻拍打在脸上。几只飞鸟从头顶掠过，穿越树林，往北方去了。张小婷说："可能一会儿要下雨了。"我说："那回庆都寺吧，别让师父们等太久。"

我们走到平坦的小路上，路灯湿润，雾从远处聚集到眼前。街边店铺的卷帘门，泛着白悠悠的光，与周边的暗绿形成并不浓烈的对比。偶尔擦肩一两个行人，低着头，拖着长长的影子快步走过。张小婷若有所思地盯着前方。月光朦胧地打在雾气里，无法穿透，只能看到模糊的影子，像被丝线织出来的，泛着毛边。张小婷看着我说："我能辨别出气味，靠气味辨别时间和地方，你能吗？"我问："那是什么意思？"她回答："比如说，学校里的气味和家里的气味不一样，而同一个地方白天的气味和傍晚的气味也不一样，你能闻出来吗？"我摇头。她笑了笑说："我果然有特异功能。"

她又说："我记得马丽静身上的味道，是一种渴望的味道，那渴望非常强烈，但又具有迷惑性。"我沉默了。她继续说："马丽静渴望上大学，渴望走出这里，这些我全部知道，可是她又做不到，一个人的天资十分重要。"我问："你是说她不够聪明吗？"她说："嗯，她太容易被外界影响了，总是晚上哭，其实她不该有那么大压力。"我说："高考确实让人很痛苦。"她说："高考只是第一关，以后还会有更多的痛苦，可能她预知到了这个结果，索性连第一关都放弃了。"我说："难道结婚生子就轻松了吗？"她说："当然不，那是更严峻的挑战。"我说："可是你觉得她生活得很幸福。"张小婷说："这是两件事，一个是别人看到的，一个是自己体会到的，人长期处于某种环境，想法自然会受到影响。"

我们继续往前走，聊一些琐碎的话题，都是关于别人的，最后谈到了她姐姐。"我姐姐极有文学天赋。"她说，"我高中写的小说，其实是她写的，我不过是背诵后再重新写下来。"我被突如其来的坦诚惊到了，她正逐渐打开那扇门，想引领我走进去。我问："真的？"她说："是啊，我喜欢她，却无法停止嫉妒她。背诵她的小说时，我有一种从未有过的体验，所以我也爱上了写小说。我在心里发誓，将来我一定要写得比她好。"我问："那她成为作家了吗？"她黯然地说："没有，她比我大一岁，高中辍学后四处打工，再也不写了。一个人吃不饱饭，是不可能写作的。"

然后，那栋房子毫无预兆地出现在我眼前了，也许曾经走过太多次，有了磁场反应。外婆在日记本中写过，一个人和故乡的联结是永恒存在的，或早或晚，终究以其他形式纾解。那栋房子比记忆中更矮小，墙被拆得只剩一半，院子里长满杂草，像一个黑黢黢的牙洞，肮脏、腐败、发臭。周围的邻居也搬走了，成了一片轰炸过后的废墟，死亡气息充满整个空间。一架飞机闪着红色的灯从头顶飞过，尾部拉了一串白色蒸汽，看起来离我们很近。我摸到项链，心脏一阵疼痛。"这是你以前住的地方吧？"张小婷问。我点头。她说："你从没提过你的家人。"我说："你也没提过你的家人。"她笑了。

我们顺着山路回到了庆都寺，爬石阶费了些时间，没有路灯，只能借助手电筒。大门已经关上，敲门上的挂铃，没一会儿，行者静川开了门。他没有剃头，穿灰色长衫，露出蓝色拖鞋的一角，羞涩地冲我们点头合十。一张窄长脸，配着炯炯有

56

神的丹凤眼，看年纪和我们差不多大。他接过行李，领我们去了西厢房，并提醒明早五点，到大殿上早课，道过谢，他便离开了。屋子很小，只摆着一张大床和一个书桌，灯光幽暗，黄黄地照在灰黑色水泥地面，深棕色窗帘不能完全闭合，玻璃上粘了几层厚厚的宣纸。张小婷拿布条细细擦了一遍，坐在桌前写东西。我闲得无聊，打开门，坐在门槛上，望着黑黢黢的庭院，直到脚趾发凉。这里的夜静得像一首音乐，虫鸣鸟啼夹杂其中，我抬头，看到几颗星星遥远地散在各处，不知为何，内心突然惆怅起来，再往具体里分析，想必是种无依无靠的孤独感。在北京时，总觉得还有地方可去，回到故乡才发现，一切都已悄然无影，存在的只有记忆罢了。并且终有一天，此刻的怅然感也会变成新的记忆，在未来游移翻转模糊，直至彻底排除。

我拿出项链，打开背面的暗扣，看了一眼，随后紧紧握在手里。

张小婷叹了口气，停下了打字的手，嘟囔着："写不出来，完全写不出来。""过来坐会儿吧。'我喊她。她走过来，和我坐在一起，抬眼望着前方。树木影影绰绰，枝丫战栗，像飘荡的鬼魅。"这里真安静。"她说，"就像地球上只剩下我们俩了。"我说："是啊，仔细听还有蛙声。"她笑着说："师父们一直待在这里，不会寂寞吗？"我说："他们想要的就是这种生活吧。"她说："如果是我，应该不能忍受太久，我喜欢写作，但无法戒掉俗世里的东西。"这个问题令我陷入沉思，清静倒是符合需求，但一辈子待在这里，我每天做些什么？又想到毫无着落的新工作和日益减少的余额，脚底板也烦躁起来。

她说："我刚才一直想着那座藏经楼。""藏经楼？""是的，就是白天看到的那个二层建筑，它的形状真好看，不知是哪朝的建筑。"我说："应该翻新过，看墙面不算很旧。"她说："想进去看看，哪怕读读经文也好。你想，坐在二楼，相当于坐在镇上最高的地方，在那里看书，会不会风很大？"我被最后一句逗笑了，说："明天请示一下住持，去藏经楼。"

晚上睡不着，直愣愣躺在床上发呆，半夜忽然落雨，雨点嘣嘣砸在玻璃上，暴雨如注，几分钟后又变为小雨，淅淅沥沥，像鸟儿的悲鸣。我通过声音辨别雨的大小和风向，这是小时候常玩的游戏，外婆说我长了一对顺风耳。张小婷侧身躺着，背对着我，发出轻轻的呼噜声。床褥潮湿，空气中有一股霉味，我想到妈妈，她身上也有相似的味道，是一种古旧的、固执的、长久不运动的气息。

◦ 八 ◦

失去工作后，张小婷想了各种方法安慰我，但我像烂泥一样打不起精神。春节期间，制订的游玩计划没实施，外面敲锣打鼓，我用被子把头蒙起来，不想接受这一切。后来，她买了两张音乐剧的票，说年过完了，务必让我出去走走。我意识到不能再这样下去了，爬起来跟她去了国家大剧院。舞台很大，我们的位置靠后，只能看到几个小小的人影立在空旷的舞台上。突然灯光熄灭，只剩舞台顶端的光辉投射，打在演员舞动的身体上。随着音乐缓缓响起，我头皮一紧，大腿的肌肉也紧绷绷的。张小婷的眼睛直勾勾盯着前方，随着人物的命运变化表情，时而皱眉，时而舒展，最后她满脸泪水，扑到我肩上大哭起来。我拍拍她的背，她破涕为笑，说："怪不好意思的。"

回去的路上，她问："你有没有觉得女主人公很像马丽静？"我想了想："因为她们最后都疯了？"她说："嗯，可是马丽静已经好起来了，生了孩子，还来北京旅游。"我说：

"那就好。"她又提起，自从那次在天安门前偶然看到她后，马丽静便像水草一样缠着她的梦境，怎么也摆脱不了了。我原本没细想她的话，只当是开玩笑，现在听到她反复提及，突然也来了兴趣，在脑中搜寻关于此人的片片回忆，想拼凑出完整的形象。

其实，我对她真的没什么印象了，如果没记错，她是个小个子姑娘，脸上长满青春痘，学习成绩处于中上游。我俩说过的话不超过十句，她可能是英语课代表，要么是语文课代表，负责收作业，有时我忘了交，她催促我赶紧写。总的来说，她是个没什么存在感的人。张小婷和她做过两年舍友，了解相对多一些，她说，马丽静是她见过的最努力的人。我想了想，是的，她学习很努力，只是后来疯掉了，所以她没有考上大学，也没有走出镇子。

疯掉真是一件可怕的事，大脑突然跳到另一个世界，不管自愿与否，说的话和做的事都不被其他人理解。在我的想象中，那个世界白茫茫一片，除了白什么都没有，无穷无尽的白，不论你走到哪，躺下还是坐下，睁眼还是闭眼，看到的都是白，多么令人绝望。一旦进入那个世界，回到现实的希望十分渺茫。如果真如张小婷所说，马丽静结了婚，有了孩子，一家人还来北京旅游，应该称得上奇迹吧。

我问张小婷："你在小说中怎么写马丽静的？"她说："别提了，一直差点意思。"我问："写不出来？"她说："不知道她究竟发生了什么，想深入了解这个人物的动机。"到家后，张小婷立刻回屋改小说了，她认为之前写的都是垃圾，只有这一本真正把自己交了出去，时不时有种大汗淋漓的感觉。我真诚地为她高兴。关卧室门前，她嘻哈地说："闭关了，我要写出完美的作品，能名留青史的那种。'

　　我躺回床上，头依然有些痛。一想到张小婷在我的隔壁屋，顿觉心安又温暖，我希望这种生活可以持续，直到成为彼此的亲人。有段时间，我以为只有女人才能组建家庭，比如我和妈妈、外婆一起生活，而邻居家的姐姐和妈妈、奶奶一起生活。直到上了学，我才发现每个家庭的结构都不一样。我先是问外婆，爸爸去哪儿了。她说在一个很远的地方，我长大了他才会回来。我又问姥爷去了哪里，她也是这样的回答。后来，妈妈也不见了，我问妈妈去了哪儿，外婆说出具体的位置——省会，只要我考上大学，她会回来接我。

　　我打开项链的暗扣，里面是一张黑白照片，一看便知是从报纸上剪下的，后面的字体密密麻麻。这是高中时我从外婆的书本里翻出来的，当时一眼看去，心脏停了半拍，照片上的男人和我如此相像，眼睛、鼻子、嘴巴，简直一模一样，我固执地相信他是我的父亲，他怎么可能不是我的父亲？我不敢找外婆求证，她的麻烦事已经够多了，偷偷留下照片，直到买到项链，装进暗扣里封起来，一直带在身上。

　　所有人都对我父亲的事闭口不谈，包括舅舅，他讽刺我没人要，但当我问他父亲去哪儿了，他便知趣地沉默了。妈妈主动遗忘了他，嫁给了另一个宽厚的男人，生下完美的女儿。在省会读大学时她喊我去家里吃饭，我去过几次，和妹妹住在一个屋，我们长得并不像，她像她父亲，我像我父亲。那时她读初中，在一所双语学校，早上起床先用复读机听英文磁带，边听边大声朗读，她信誓旦旦地对我说，她要申请美国的大学。相较之下，我的胆怯和懦弱暴露无遗，至今能记得当时的挫败感。

　　我的脑子乱得厉害，打开手机逛招聘网站，投了几个工作，有文员、新媒体编辑、药品检测员等等，并决定哪个要我，就去哪里上班。长久以来我对外界的要求太多，忽略了自身实况，恰好趁这个关头来一次彻底的修正吧。既然我一无所有，那就没什么可担心了。

我又想起了外婆，一张痛哭的脸，和一张欢笑的脸。我似乎很久没一门心思地想她了，一开始，她反复出现在我的梦里，后来次数越来越少，就像不停磨损的封皮，渐渐看不清了。她说，你要好好学习。她说，你要找个好工作。她说，你要嫁个真正的好人。她懂得许多大道理，但我问她人生的意义是什么，她又说不出来。

她走的那天下着小雨，是我来北京的第一年，下午接到舅舅的电话，让我快些回去。我买了最快的机票，到省会，又拼车回了镇上，到底还是没来得及。外婆的屋子变得很高，衬得她的身体小小的。我握住她的手，很凉，像是北京街头摆的橘子，一摸便浑身发冷。妈妈哭得直不起腰，她抱抱外婆，又紧紧抱住我，小声重复着对不起。我突然明白了外婆发现我的私房钱时的那次痛哭，一时竟回不过神。

那晚，我和妈妈、舅舅坐在棺材前守灵。雨在棚外淅淅沥沥地下着，仿佛永远没有尽头，我观察泥土上的小水涡，溅起了一串白蒙蒙的丝线，很快又落了下去。后来我看到外婆朝我走来，手上拿着一件灰白色大衣，问我冷不冷，我摇头，感觉雨又下起来，淋到了脸上。再睁眼，外婆不见了，我趴在棺材上睡着了，一摸脸，都是泪水。葬礼结束，我把所有的东西寄到北京，和妈妈道别。她憔悴不堪，发尾又黄又涩，我叮嘱她多休息。她坚持送我到车站，出租车上，我们没有说话，候车时，我们也没有说话，直到将要进站，她才说了句，照顾好自己。我背着大包小包走进通道，回头看，她依然站在那里，像一株营养不良的植物，风一吹就要倒下了。

◦ 九 ◦

寺庙小，师父们活动的声音藏不住，不到五点，就顺着庭院传来了。我们起床，洗了把脸，去大殿上早课。由于昨夜下过雨，地面潮湿，踩上去极软，空气清透。整个晨景的色调是深蓝色的，加之有风，像涨潮的海洋，而我们正欢快地游到对岸。草丛里长着几棵蒲公英，再前方是蓬松的小灰球菌，还有几朵不知名的深红色花朵。

三位师父已在大殿等候，清一色橘黄色袈裟，坐垫前摆着木鱼。我问慧心："念的什么经？"他递过来一本书，说是《楞严咒》。待坐定后，住持师父的木鱼一敲，三人便开始念诵，嗡嗡隆隆，耳垂振振，是从胸腔传出的气韵。我翻看经书，想找出相应音节，依旧不知所云，只觉肃穆庄严，绵密紧实，气势颇为壮观，像是数百人聚集于此。我的内心平静，看了张小婷一眼，她注视着眼前的佛像，若有所思。忽然又一下唐突的木鱼声，音调一转，齐齐吟唱起来："擎山持杵，遍虚空界，大众仰观，畏爱兼抱，求佛哀佑，一心听佛……"我小心翼翼地跟着，不念词，只模仿音调。

上完早课后天亮了，随师父们一同去吃早饭，馒头芥菜和玉米面粥。张小婷问住持能否去藏经楼看一看。住持没有考虑，双手合十回答，藏经阁乃佛教圣地，不对外开放。张小婷继续磨，不动任何东西，只上去看看，就看一眼。住持不再回答，气定神闲地走开了。静川解释说："早已定下的规矩，我来了两年，也只去过一次。"慧心附和："不要生气，施主们多多体谅。"张小婷苦着一张脸，忙说没关系。吃完饭，帮着师父们打扫卫生，张小婷分到了偏殿，我分到了庭院，只有很小一块。先洒上一层水，拿竹枝扫帚把干枯的杂草花瓣和垃圾扫到一起，收起来，放进袋子里，再由静川送下山。

我站在平台一角，东方渗出了浅浅的鱼肚白。前一秒，镇子死气沉沉，后一秒就要热闹起来了，小孩子拖着困倦的身体去学校，大人们打扮得干干净净去工作，你一言我一语，街道顿时充满活力。在遥远的田野里，阳光未完全浮现，反而产生了一种暗淡，或者说一种朦胧，利用周围那些不动声色的沟壑，将在树木和草丛间停留整整一个白天。当我身处其中时，并未意识到小镇的奇妙之处，而以异乡人的心态返回时，才重新认识这里。地势低低高高，鳞次栉比，又被树木和河水环绕，从高处看，像一座与世隔绝的小岛，从低处看，又成了美妙的空中楼阁。下雨时更婉转秀丽，蒙上一层模模糊糊的暧昧感，仿若两个偷偷约会的情人在分别时刻，涌出的无限柔情。

我回到厢房等张小婷，桌上摆着她的电脑和一摞厚厚的书稿，扫了一眼封皮——《寻找马丽静》，我想看看她是如何描写马丽静，又是如何构建寻找她的情节的。我们还没有找到她，她会写个什么样的结局？我抑制住想翻开看的手，心里说，不要偷看了，如果她准备好了，自然会打开给我看的。

但马丽静这个名字又在脑中跳跃了，我不由自主回忆起一些细节，如同散落的珠子重新归位。我总是惊异于记忆的不可捉摸。某天她突然离开了学校，过了好久，又回来了，整个人性情大变——由几乎不和同学说话，变成了逢人便笑着打招呼。那笑容僵硬，好像被一根丝线生拉硬扯，透出怪异之感。那时我本能地想逃避，甚至不敢看她的眼睛。我还记得，她拿着一本高中数学，在早读课上大声朗读的情形。"数学还需要朗读吗？"我问她。她只是说："因为我的数学不行，因为我的数学不行。""她太想走出这里了"，"那是一种渴望的味道"，张小婷的话在耳边重新响起，似乎能解释得通。

等了一会儿，张小婷没有回来，只好去偏殿找她。门口湿漉漉的，她正和静川坐在台阶上聊天。我提议，天晴了，不如去山上转转。静川说还得整理一些文件，暂不能陪同，让我们出了大门往东走，有一条河，水很清凉，还能看到半山的瀑布。按着指示出了寺庙，路是从灌木丛中踩出来的，显得杂乱，小石块随处可见，稍不注意会滑下去，我们折了根树枝当拐杖，顺着山势前进。张小婷说："晚上藏经楼见。"我问怎么回事。她说："静川带我们偷偷进去，他有备用钥匙。"我说："能行吗？"她说："放心吧，等两位师父都睡了。"

大概走了半小时，听到潺潺水声，拨开杂草，从坡上跳下去，干净的河道映入眼帘。说是河，其实只能算作溪水，细细的水流持之以恒地触击在石头上，没溅出多远，又回到原来的轨迹。我们身上出了汗，热烘烘的，坐在河滩上舀水洗了把脸。溪水极其清澈，布满平静的波纹，连底部的沙粒都看得清清楚楚，岸边多是豌豆大的小鹅卵石，有的呈苔藓绿，有的像玉石般白皙光滑，有的为淡紫色。我捡了一颗形状最规整的放进口袋。站起来继续往前走，想找到静川口中的瀑布，却只看到周围的树林和一些蕨类、菌类植物。应该还在上游吧，张小婷不想动了，气喘吁吁地坐在石头上。

"其实一直在这里生活也不错。"她感慨。我说："不计较吃和穿，也不计较功成名就，确实不错。"她问："我们什么时候回北京？"我说："当初来是你的主意，回去也全听你的。"她说："那我们可以多待一阵子，觉得无聊了就回去。"我问："既然都回到镇上了，你不回家看看吗？"她说："不了，我跟他们断联了，只跟姐姐有联系，但也好久没见了。本来还说去北京找我，也不知怎么不来了。"我问："一点联系都没了？"她点头，说："我一直觉得心理健康很重要，但这里似乎没有人在乎。高中时我差点退学，因为爸爸希望我早点工作养我弟弟，为了不让我去学校，把我锁了一个多星期。那种阴影永远留在心里了，你明白吗？只要想起来，还是会不停发抖。"我被她突如其来的坦诚惊到了，但很快又被这种交付和信任所感动。她继续说："我宁可不吃饭也要上学。为了赚钱，高中我就去餐馆打工，落下的功课晚上偷偷在宿舍补上。现在回想，真是后怕，如果因小失大，没有考上大学，我现在会过着什么样的生活呢？没准已经死了吧。可不去打工，我连生活费也没有。所以，也许是上天的安排吧。"我不禁想到她高中时常消失而产生的神秘感，没想到是这样。我抱了抱她，她笑起来，安慰我："没关系，只是觉得委屈。你也知道，有的父母和子女的关系很畸形，但我长大了，可以选择自己的人生了。"

我们在河边一直待到了下午三点，多半时间躺在地上听风声和水声，背部凉凉的。几只蚂蚁爬到我的臂膀，天空不停旋转。远处，环绕峡谷的群山排得格外紧密，一座挨一座，那些裂缝里吐出海绵状的土壤，灌木蔓生，仿佛被世界遗忘了。张小婷说："还好有你陪着我。"我说："也还好有你陪着我。"

◦ 十 ◦

等了一周，我陆续收到几家公司的面试邀请，HR 在电话中的声音和开的薪资并不热情，但我还是决定去看看。从柜子里翻出几年前买的正装，熨一熨，套在身上。张小婷说："穿着像卖保险的。"我苦笑："没准真得去卖保险了，学历不高，也没有一技之长。"

这段时间，张小婷主动辞职，不出门上班了，在家帮一个新开的影视公司做策划，负责写文案与宣传。机会来得十分偶然，不得不承认，她是个幸运的人，即使放任自己，也能在放任中抓住机会。那个公司是她的一位客户开的，大学刚毕业的女孩，家境优裕，经常找张小婷买包，一来二去，两人留了联系方式，也逐渐熟络起来。女孩有一颗艺术之心，想在此领域混出点名堂，家人支持，给了一笔钱，让她注册影视公司。她得知张小婷写过小说和剧本，看了几个后，觉得不错，便提出让她加入，在家办公，月薪一万，五险另交。这样一来，张小婷不仅可以不上班，工资也涨了，何乐而不为，当天就辞了职。

实际上，在家办公的日子也不好过，动不动几小时的电话会议，商量剧本的走向与修改。当我在外面晃荡一天回到家，听到电话那头叽叽喳喳的笑声和脏话，配着张小婷凌乱的头发和疲倦的双眼，反而觉得她更不自由了。她抱怨，每天都在想公司剧本的问题，小说完全搁置了，不知道这样值不值得。我问她："如果让你二选一，你怎么决定？"她说："当然是小说。这两者区别挺大的，虽都属于文学范畴，但剧本更像是多人合作的工程，必须完全按着甲方的意思来，你几乎不能有自己的想法，虽然你能分辨什么是好的，什么是不好的。而小说没有这方面的困扰，它是一个人的世界，更自由。"我劝她："也许你应该做出取舍。"她说："没办法，我也爱钱，我想多赚钱。"我说："钱的问题，控制消费就好了。"她摇头，叹了口气，一脸愁容。

天气逐渐回暖，春天就要来了，有时走路快了还会出一身汗，我像一具行尸走肉，游荡在大街上。不管什么时候，北京街上的人都很多，当我看到他们热烈的面孔，经常会想，难道他们不用上班吗，还是和我一样失了业，他们过着怎样的生活？

每当这时候，我总会想到远去的亲人，然而我没有任何情绪。实在无聊了，我会去坐地铁，站在车厢里，什么都不想，静静看着划过去的明亮迷人的广告牌，意识再次恢复时已到终点。如果在终点站不下车会怎样，司机们会驶向何处？然而我没有一次做出出格的事，而是反向乘坐，在穿堂风和轰隆声中度过一个又一个钟头。

面试过的工作都没有收到回音，不知道哪里出了问题，奇怪的是，我已经不再像之前那样焦虑了，或者说，我认为这一切都是情理之中了。我失去了期待，也就不会失望。卡里的余额日益减少，我拿出记账本，开始了精打细算的生活，什么可以买，什么不能买，每天的花费限制在多少以内。我决定，如果实在撑不下去了，就换一个城市重新开始。

◦ 十一 ◦

吃过晚饭，我们早早回了厢房，等待黑夜来临。静川说大概十一点左右来敲房门，再从厨房绕到藏经阁。我们闲得无聊，用电脑看电影，但花花绿绿的屏幕无法吸引我，初到庆都寺时浮现的奇怪预感再次出现，项链扫过的肌肤微微灼热。张小婷察觉到我的不安，问我怎么了，我说没什么，头有些晕。十点半，静川偷偷过来，告诉我们今晚不能去，要帮师父们整理东西，明天他们下山做活动，所以改为明天白天去。

晚上睡得异常安稳，睁眼时天已大亮，张小婷坐在桌前忙活，见我醒了，说："师父们已经下山了，看你睡得香，早课没喊你。"我简单洗了把脸，出门找静川师父。他正在菜园锄草，番茄和黄瓜成熟了，收在竹筐里，散出淡淡清香。我拿了一个番茄，咬下去，满满的汁水，酸酸甜甜，身上的倦意一扫而光。静川起身，把果实放进厨房，细细看了张小婷一眼，从怀里掏出钥匙。

我们三人偷偷溜到小山上，打开藏经楼的铜锁，一阵吱扭的响声，门开了，光线昏暗，进去后才看清屋内陈设。地面一尘不染，悬木房梁错落有致，几个大书架摆在水泥墙壁内侧，书籍堆得满满当当。中间有一个长方木桌，摆着蜡烛和几本书。张小婷问："这里没有通电？"静川说："平时没什么人来，所以没有修整电路，一直用蜡烛。"书架东侧是木质楼梯，通往二楼，台阶很高，抓住扶手才能上去。我问："上面有什么？"静川回答："听住持说，什么都没有，已经废弃好久了。"

张小婷翻开桌子上的书，惊呼，竟然是《聊斋志异》。我绕着大书架走了一圈，不光有佛经著作，比如《金刚经》《大般涅槃经》《法华经》《地藏菩萨本愿经》《圆觉经》《楞伽经》《净土诸经》等，还有一些小说和社科类书籍，甚至还摆着几本高中的教科书。静川解释，一般都是住持来这里，他极爱书，有时待一天一夜。张小婷说："这么清静的地方，的确适合读书。"

我们沿着楼梯上二楼，谁料关口被一块石板挡住了，打不开。静川说："不用上去了，里面是空的。"我注意到楼梯表面有坑坑洼洼的痕迹，像是被什么硬物砸过。听到静川的话，张小婷反而更来了兴趣，她希望推开隔板，上去看看。静川摇头："上面没有东西，不用费劲了。"张小婷装出沮丧的样子，说："来都来了嘛。"我点头，看着静川，他也点点头，我们三人便举起胳膊，一起用力往上顶，想把石板推到一侧，留出一道人能通过的缝隙，无奈又硬又重，无法撼动一丝一毫。

石板表面十分光滑，敲了敲，没什么异样。我摸索与关口接触的四个对角，右上角有一块硬硬的凸起，按不动，试着往左推，竟有了动静。张小婷惊讶地说："原来有机关啊。"静川说："我来。"遂伸手使劲一推，石板朝左缓缓掀开，伴随着钝重声响，细细的尘土落到了头上。我揉揉眼，沿着楼梯往上走，二楼漆黑一片，透过关口传来的光，发现窗户都被木板封死了。张小婷点亮木桌上的蜡烛，小心翼翼捧上二楼，这里的空间比一楼狭窄，堆放着许多乱七八糟的杂物，有的比人矮，有的比人高。张小婷问："这些是什么东西？"我凑近了看，说："都是医疗器械，这些是手术刀，那些是听诊器，那边的是起搏器，还有牙医用的一些探针。"她问："你怎么知道？"我说："之前在药企上班，有同事是推销医疗器械的。"静川诧异地说："这里怎么会有医疗器械？"

我打开手电筒，穿过杂物到窗边，木板钉得歪歪扭扭，似乎很急。旁边有一个小圆木桌，放着两双筷子、几块小石子和一个破布娃娃，再往下看，桌子底下有一些散落的纸张。我捡起来，抖掉表面厚厚的灰尘，有一些打印的文件和字迹清晰的手稿。静川和张小婷走过来，问我发现了什么，我分给他们看，静川若有所思地说："看纸张的颜色，应该有不少年头了。"

其中一份手稿，是一封信，收件人是王会长，落款人是林字，信里交代了一场会议的安排以及购买物资所需的金额。有一些发票，抬头是红星教育集团，购买了口罩和酒精，印章已经看不清了。张小婷说："有一张照片。"说着从地上捡起来，一张合照，日期是一九九二年三月十五，共有十人，前排四个，两男两女，后排六个，全是男人，统一穿黑色长袍，表情严肃。静川指着后排左一说："这个人很像住持。"我看了一眼，果真如此，虽然脸型不一样了，依然能从五官和神态分辨。挨个看去，我惊讶地发现，后排右一的男人，和我项链中的男人是同一人！我不敢相信自己的眼睛，拿过照片，目不转睛盯着看，直到眼球酸痛。张小婷问："你认识里面的人？"我打开项链给她看，她比较了几分钟，眉头紧锁，缓缓地说："是同一人。"静川问："这是谁？"我说："我父亲。"

这样的地方，这样的时刻，没发现几个秘密似乎说不过去，但我把所有文件仔仔细细看了一遍，也不明白为何我父亲出现在这张照片中，只知道红星教育集团曾购买大量医用物资，送到哪里不知道，用来做什么也没交代，像一个黑黢黢的谜。我留下照片，身体不由自主地抖起来，张小婷安慰我："王琳，先别想太多。"她的声音似乎也在颤抖。

我们离开了二楼，重新推回石板，当作从未来过。静川说："回去吧，也许师父们很快就回来了。"我点头。张小婷说："总感觉哪里不对。"她若有所思地望着窗外，走到书架前，抽出几本教材，嘴里嘟囔着："高中数学，全都是高中数学，为什么摆了这么多一样的书？"她像是发现了什么，把书架上的书一摞摞放到地上，对我们说："过来帮忙。"一点点将书架挪空后，她又说："我们把书架搬到一侧。"我和静川不知道她要做什么，只好把书架搬到另一边。空出来的地方有一圈白色粉状物，围成四方形，像是某种字符。张小婷在上面摸来摸去，手一抬，两块木地板便翻了起来，下面是一个大洞，几层台阶显露。我睁大眼睛，看看静川，他也满脸诧异。

顺着台阶往下走，顿觉空气稀薄冰凉，加上黑暗的侵袭，喘气不顺。我们打开手电筒，照亮四周，极窄极湿的石壁往前延伸，看不到头，只能听到嗡嗡的类似车轮旋转的声音。静川说："是暗道，早听一些人说过，庆都寺有暗道，抗战时期留下的，谁也没找到过。"张小婷说："住持肯定知道。"我们决定往前走，看能到达哪里。我说："这一切都很不真实。"张小婷笑了，说："那么多侦探悬疑小说不是白看的，没想到

70

真派上了用场。"

地面踩上去不硬，墙壁上挂满湿漉漉的水珠，想必是阴凉的湿气长久不散的原因。静川走在前面，张小婷拉住我的手，说："一会儿就能出去了。"有时左拐，有时右拐，有时面临交叉口，我们随便选了一条，继续往前。走了大概二十分钟，前方才有一丝亮光透进来，哗啦啦的水声越来越响，我的耳膜仿佛被刺了一下。很快，出口出现在我们眼前，光线透过汹涌的水流，反射出亮晶晶的瞬移的光影，以至于看不到外面的景色，是瀑布包裹的山洞。

我们穿过瀑布，落在头顶的水流像柔软的冰块，浑身湿透了，又蹚过河床向上，到达岸边。这里是更为宽阔的平地，绿色像颜料般顺进眼里，高大的茂盛的树木将其分割为几部分。我们漫不经心地穿过，只觉淋湿的身体十分舒畅，不知不觉到达了几栋现代建筑前，大概有五六栋，砌成一个闭合的圆形，屋檐挨着屋檐，像灰暗的帐篷般延展，被雨腐化的排水管长着一层黄色和红色的锈渍，像醉酒的人的呕吐物，一面面蓝色玻璃与底下的台阶和阳台连接到一起。

张小婷问："这是哪里？"静川说："应该是山的背面，这里山很多。"我们走近大门，看到模糊的招牌，写着"圣山疗养院"。我和张小婷心照不宣地对视，圣山。门口没有保安，我们径直走进去，首先望见一栋灰色的楼。张小婷说："我有一种感觉，马丽静在这里。"我点头，依然觉得处于梦中。进去后看到一个服务台，两个穿白大褂的女人坐在那里，问我们有什么事。张小婷说："我来看望马丽静。"女人问："提前预约了吗？"我说："没有。"女人说："知道哪个房间吗？"我说："不知道。"女人叹了口气，又确定一遍名字，在电脑上查询，说："202，从左手边的楼梯上去。"

我感觉脑袋右侧产生了放射性疼痛，从下颌角到太阳穴到头顶，每走一步就感觉严重一些。最后，静川只好搀扶着我走到 202，是一个粉色的房间，有单独的洗手间，布置还算温馨。一个穿黄色校服的女孩坐在桌前，低头背对着我们，嘴里发出嘀嘀咕咕的声音。张小婷轻声喊："马丽静。"我的心又跳动起来，女孩回头，一张熟悉又陌生的脸映入眼帘。张小婷差点叫起来，说："你真的在这里！"马丽静不急不缓地站起来，手里拿着书，我注意到，是高中数学。她的五官一点都没变，神态更为平静了，或者说呆滞。她看了我们一会儿，突然笑了，兴奋地说："我记得你，你是张小婷。我也记得你，你是王琳。真奇怪，你们怎么找到我的？"

◦ 十二 ◦

就在我快要弹尽粮绝时，终于收到一份工作邀请，给一家纸媒整理微信公众号，一周上四天班，工资不高，没有五险一金。张小婷劝我不要去，说现在纸媒是夕阳产业，去了没有上升空间。我没有听她的，周一准时去公司报到，好在离家不远。公司除我之外只有三位工作人员，负责组稿、排版、审阅，我做的工作相当于在网上给杂志宣传，用吸人眼球的题目增加点击率，来换取一部分广告收入。

这个工作并不能提起我的兴趣，当然，没有一份工作能提起我的兴趣。我意识到，人能找到感兴趣的事才是最大的幸福，就像张小婷热爱写作，爱迪生喜欢发明一样，而其他人注定是陪衬，被空虚和琐碎填满，就像我，做打字员还是销售还是公众号管理者，没有任何区别，都不能给我的人生带来丝毫改变。我只需去做、去消耗时间就可以了。

街边的柳树吐出了新芽，远远看去像一条条飞舞的绿丝带，连风也变得柔和温暖，让人想闭上眼打盹。行人们的脸明显灵动起来，不像冬天时缩在帽子里无精打采，有的女孩已经光腿穿裙子了，预示着夏季的来临。我脱下厚厚的冬装，脚步轻盈地走来走去，大概是被春天的生机勃勃感染了，我突然有了一股力量，好像凭着这股力量我能做出什么惊天动地的大事来，尤其是面对张小婷的时候，我的话滔滔不绝，声调也提高了几分贝。张小婷问我："你最近怎么回事？"我说："我突然想重新开始生活了。"她问："怎么重新开始？"我说我还没想好，但是，我想重新开始。

我频繁想到外婆的日记本，也经常打开项链看看父亲的照片，如果他还在，我的选择会不会发生改变。我长久注视着他，渐渐地，他的五官不再局限在照片上，而是在我眼前飘零。我拿出铅笔，在纸上画出他的肖像，微笑的、愁苦的、流泪的、呆滞的，凭借记忆构建他的表情和动作，他仿佛活了起来。

有天下班回到家，看到张小婷坐在我屋子里发呆，手里拿着我的素描画。我有些紧张，她问我："这是你画的？"我点头。她问："这人是你男朋友？"我摇头。她赞叹："画得真好，你学过美术？"我说："没有，小时候学过小提琴。"她激动地说："你应该上个美术培训班，这么好的天赋不要浪费了。"我收起素描放进箱子里，不知怎么回答，便问她："你怎么了？发生什么了？"她悲伤地看着我说："辞职了。"我问怎么回事。她说："我不想再写剧本了，对我来说没有任何意义。我本以为，这份工作会让我离梦想越来越近，可反而越来越远了。人活着不能只为了赚钱，对吧？"我坐到她身边，说："具体情况我不了解，你想好了就行，遵从内心的想法。"她说："这几天我总想到你说重新开始的那几句话，今晚我把我的小说又看了一遍，我也决定重新开始了。"她握住我的手，继续说："我们回镇上看看吧，我想去找马丽静，和她聊聊，更好地完成小说。"

我没有犹豫就同意了，掰着手指头算了算，大概六年没回去过了。倒是回过几次省会，住在妈妈家。这些年，妈妈给我打过几次电话，让我回来陪陪她，我觉得没什么话说，便不再去了。我总觉得，她和我像海里的两座礁石，涨潮时互相看不见对方，退了潮只能远远相望。

说走就走，我们买了卧铺，早上上车，第二天一早到。我们查询镇上的气温，将近三十度，正在过夏天。适合穿裙子和薄外套，张小婷建议我，她把衣服摆在床上细细挑选，打算留出二十件，再挑出最满意的十件装进箱，这个过程令她犯了难。最后她把二十件全拿上了，装不下的塞到我的箱子里。我几乎什么都没带，只带了运动鞋和工装裤，还有一瓶防蚊剂，都是为了寻找马丽静做准备。如果她家在山上，还要走很远的山路。

出发那天我打电话辞了职，没有告诉张小婷，我考虑了她的话，也许可以报个美术班训练一下，虽然并没有很强烈的念头。火车开得很慢，一垄垄绿油油的田地从眼前驶过，天空晴朗，金灿灿的阳光笼罩着低矮的建筑，苍翠欲滴的树木和斑驳的阴影一起蔓延，有一种干燥平和的美感。我们坐在铺上，吃零食听音乐打发时间。

坐在我们对面的两个学生，叽叽喳喳地聊着网上的攻略，手机大声放着一首流行歌曲。他们的快乐简单又无畏，人在年轻的时候是这样，后来就逐渐变得坚硬了。我突然又有了一丝恐惧，问张小婷："如果现在不存钱，以后怎么办？"她没有被这个问题噎住，笑了笑，做出抱头的动作。我不理解，问什么意思。她说："鸵鸟精神，把头埋进沙子里，就不用想未来的事了。"我说："可是未来迟早要来的。"她说："是啊，人也迟早要死的嘛。"

十点过后，火车熄了灯，那对年轻人依然坐在走廊上聊天，我躺在上铺，张小婷在中铺读电子书。窗外的灯光透过拥挤的玻璃闪来闪去，车厢内的明快像一组跳跃的圆舞曲，我用手指在皮肤上敲动，打出想象的节奏，是一只快乐的曲子。

在哐啷哐啷的颠簸中，我沉沉睡去，梦中我又见到了外婆，她和以前一样，穿一件轻薄的绿纹衫，坐在门口摇扇子。我知道她已经不在了，但我还是问："你在这里干吗？"她说："等你回来嘛，你呀，多久没看过我了嘛。"我一下子醒来了，发现天还没亮，下床洗了把脸，坐着等张小婷醒来。车厢里安静得像石头，突然，我闻到了那种熟悉的下过雨之后氤氲的水汽的味道，便知道我回来了，拿出手机看地图，果然已进入老家地界。

很快，张小婷也醒了，她从铺上下来，和我一同坐在黑暗里，等待第一缕曙光的降临。她问："你知道天色怎么变化的吗？在日出之前。"我说："黑色深蓝色藏蓝色青色浅蓝色鱼肚白，然后太阳就出来了。"她笑笑，说："我还没看过完整的日出。"我说："回到镇上可以看。"她说："嗯，我们去山上看吧，你知道庆都山吧？"我说："知道，就在镇子北边，小时候外婆带我去山上的寺庙烧过香。"她说："是吗，那正好，我们就去山上看日出。"窗外路灯的光闪到她的脸上，我一看表，四点半了。我问她："你的小说到底写了个什么故事？"她说："你真想听吗？"我说："是啊。"她说："两个女孩回家乡寻找高中同学，无意间撞破了一个秘密。"我来了兴致，问："什么秘密？"她说："你还想听吗？"我说："当然啦。"她笑了，踮起脚尖，抱下行李箱，拿出厚厚的一摞书稿，又打开手电筒，让我照在纸上，她的脸也被照亮了，一圈小小的光晕在嘴唇上旋转，她翻开封面，轻声读了起来：

"庆都寺在清虚山上，气温比镇上低三五度，一来海拔较高，二来恰逢两座山相夹的风口。这是一个很小的寺，占地约几百平方米，寺里的和尚也只有三位：一位六七十岁的住持，法号惠觉；一位三四十岁的和尚，法号慧心；一位二三十岁的行者，本名静川没有法号……"

让我看看你的伤口

　　背景应该是一辆小型卡车，男人坐在车厢里，身后是灰色的椅背，一小片银色金属反射出亮莹莹的微光。他穿黑色外套，绳子绑在肩膀，正对着镜头，脸上布满血迹和淤青，张着嘴巴在说什么。由于视频晃得厉害，马老师看了几遍，又放在耳朵上听，才听到模糊的声音："王丽华你听到了吗？你听到了吗？我现在被抓走了，快点来救我！快点来救我王丽华！你在哪儿啊王丽华？"

　　视频来自刘先生。马老师想了片刻，确定视频是群发，便放下手机，继续酝酿睡意。没过几分钟又把手机拿了起来，屏幕亮了，四点四十五，还有三个微信提醒没有看。第一条是他第一届学生发的，深夜一点半，询问马老师能否帮他的孩子找一个英语辅导老师。第二条的学生记不清是哪届了，问他认识中医院影像科的张医生吗。第三个发信息的学生和马老师住一个小区，喊他有空去家里打扫下卫生。他的手在屏幕上摸索，一一作了回复。

　　屋内笼罩着雾蒙蒙的深蓝色，水杯在闹钟闪烁的光中流出一丝明亮。马老师微微侧头，仿佛看到一个模糊的小山般的轮廓，鼾声沿着凉席一节节传来。他坐起来，窗户没关，粉色窗帘轻轻晃动，空气中残留的热气正一点点消失。也是去年这个时候，妻子永远离开了他。脸色蜡黄的妻子躺在蓝色床单上，原本丰满的身躯瘦成一张揉皱的纸。

妻子是个充满活力的女人，五十七岁那年学会了开车，即使头发花白了，依然去公园跑步，跳广场舞，每晚喝一杯冰啤酒。而这种过剩的精力从另一面看又是可怕的，下岗后她不再工作，只好排遣于家中，所以她的固执像吸盘一样牢牢掌控了他，家里所有的事情，大到买房，小到买米，都要听她的。她试图建立一种经久不衰的秩序，当他越反抗，她就抓得越牢。大多时候，他习惯妻子的安排。

回忆令呼吸局促起来，他走出卧室，在摆着剩饭的餐桌前坐下，佝偻着背，双手放在大腿上，任时间在身上流转。每当他这么做时，就可以收获些许平静。随后他站起来，移动到客厅，望着依然发黑的窗外。天亮得太晚了。

他穿好衣服，走出门，虽然时间有些早。他从楼道的工作间里拿出扫帚和簸箕，从顶层开始，一层层往下，尽量控制摩擦地面的声音，不扰到住户们休息。这份工作已做了两年多，小区里只有三栋楼，费不了多少时间。晚上他会去足疗店兼职，捏一个脚三十块，是他在报纸上看到的招聘启事。

他需要有更多的事做，钱是主要方面，还有就是消磨时间。他六十多了，妻子去世，无儿无女，如果还能有几年活头，恐怕还是一个人。时时刻刻弥漫在四周的巨大孤独令他难以忍受，他感到憋闷，胸腔里像有一块沉甸甸的石头。

年轻时他从未想过自己的晚年生活，人到中年时也没想过。妻子倒是郑重其事提过几次，觉得他们必将晚景凄凉，因为没有孩子。马老师安慰她，孩子们也会开启自己的生活，到时候就无暇顾及父母。妻子还是一直哭。那些眼泪成了他永远挥之不去的记忆，他偶尔会想，如果当时听父母的劝，抱养一个孩子，会不会比现在的生活幸福？

这就是残酷之处，马老师喃喃自语，时间是一直向前的，不能回头。

他打扫完小区，把垃圾处理干净，抬头看到金粉色的朝霞，庞大，明亮，那么近，仿佛抬手就会触到。他露出微笑，从锈迹斑斑的信箱里拿出新送的报纸，温热的触感。他依然保持着读报的习惯，大学时，他在报纸上发过一篇论述秦始皇的小文章，一件小小的奇迹，他如此评价，自那时起，报纸就在他心上占据了不可动摇的地位，订阅了几十年。可妻子说，他身上的文艺气质害了他，对生活充满不切实际的幻想，迟早得掉下来。

读完报纸，时间已过去很久，马老师塞了几口剩饭，剥一颗橘子慢慢品尝。嚼着嚼着，他忽然想起了什么，回卧室拿手机，点开刘先生昨晚发来的视频，调大声音，重新播放了一遍："王丽华你听到了吗？你听到了吗？我现在被抓走了，快点来救我！快点来救我王丽华！你在哪儿啊王丽华？"他发现视频中声嘶力竭的花脸男人就是刘先生本人。

刘先生是偶然加上的微信好友，他发的传单恰好塞到马老师手中，出于礼貌，马老师没有扔掉，而是仔细看了看，这一看让刘先生发现了商机，主动提出加他的微信，说跳跳旅行社是尧溪最正规最实惠的。马老师抬头看了刘先生一眼，发现他和刘一男长得很像，又是同姓，令马老师的心快了半拍，便问他多大，回答二十八。又问旅行社的店面在哪里，回答是新开的，在县政府旁边的小路上，麻雀虽小五脏俱全。

于是马老师便加上了刘先生的微信，他怀疑刘先生是刘一男的亲戚，不然怎么这么相似呢，他记得刘一男就住在县政府附近。成为好友后，马老师点进他的朋友圈，想找到一些生活痕迹证实自己的猜测，但刘先生的朋友圈只有世界各地的美景视频，每晚十点准时发布，配上不知从哪里复制过来的鸡汤文案。

结果，那些视频如同迷人的旋涡，把马老师吸了进去，草原、雪山、沙漠、大海，配着温柔的音乐，像梦里才有的地方。他短暂忘记了刘一男的事。除了去外地读大学，马老师没有出过远门，一辈子都在尧溪生活。他把视频看了几遍，按捺不住评论："到丽江多少钱？到拉萨多少钱？"一开始，刘先生会热情地找他私聊："叔，我们这个针对老人有活动，七天六晚直飞，给您优惠到三千块，您看成吗？"马老师回复："行，我再考虑考虑。"这考虑从来没有下文。渐渐地，刘先生发现马老师不会来，就不再找他私聊了，看到马老师的评论，只简单回复价格，那些数字看起来冷冰冰的，再后来，连价格也不回复了。

马老师的确考虑过出去玩一趟，兴冲冲请求妻子："我们去旅游吧。"妻子白了他一眼说："外边和咱们尧溪，有什么区别，在哪不都是吃喝拉撒这一套吗？"他知道反驳也是多余，就不再提这个事了，偶尔刷刷刘先生的朋友圈，想象自己身处其中有什么样的心情。后来妻子查出癌症，那些美丽的视频也被淡忘了。

再次点进去后，马老师才发现，刘先生的朋友圈清空了，一条视频都没了。签名也由"跳跳旅行社等你来"变成了"无人问我粥可温"。

他给刘先生发消息："您好，您认识刘一男吗？"

发完之后，马老师的手抖了起来，他想起了那些不愉快的往事。最后一堂课是个雨天，天气极为阴沉，他站在教室往外望，看到一大片盘旋的灰沉沉的乌云。

等了一会儿，刘先生没有回复。

马老师无奈地笑笑，决心不再想那件事，毕竟当下的生活才是最重要的，于是换上运动鞋出门遛弯。公园里的中老年占大多数，跑步的，打太极的，跳广场舞的。几年前，他兴冲冲加入了跑步团，一次十公里，把膝盖跑坏了，就再也不跑了，妻子说他三分钟热度。

他走在狭窄弯曲的塑胶道上，紫色花朵开得浓烈，在墨绿色草丛中显得楚楚可怜。一对夫妻手拉手走在前面，迈着并不一致的步调，女人大声说着关于衣柜的什么事情，男人的声音低沉又不耐烦。马老师在心里叹了一口气，他想告诉这个男人，手拉手散步的日子很快就会消失殆尽，等在前方的是一片白茫茫的虚无。

他轻轻小跑起来，在前方的凉亭转弯，把这对夫妻甩在身后。空气中有股臭烘烘的味道，像打翻了什么药水。有那么一瞬间，他想去草丛里，不管不顾地躺下。如果管理人员来问他，他什么都不说。

"马老师，是你吗？"一个声音传来，击打着马老师的后背。

马老师回头，看到一个头发花白的老头，脸上淌满汗珠。

"真是你啊马老师，好久没见你了，有多少年啦？老同事们都退休了，你上哪去了？"老头说完后，呼吸了一大口空气，接着说，"改天来我家吃饭喝喝茶吧。"

马老师怔住了，他想了几秒钟，慢慢地说："认错人了，我不是什么马老师。"

老头困惑地打量着他，嘟囔着："怎么可能呢……"

马老师继续往前走，肩膀处热乎乎的，但很快，一股气势汹汹的厌恶袭来，令他的骨节咯咯作响。他又想起了刘一男，想起了最后一堂课。他不知如何把这股愤怒发泄出去，只能快

81

步往前走。

马老师的母亲很早就去世了，而他的父亲高大、严肃，像个手持鞭子的判官，又接连娶了两个短命的女人。他的小妹，用毯子裹起来下了葬，就埋在后院的槐树下面，只有他和一个同父异母的兄弟在父亲的殴打下活了下来。每次打完，一躺到床上，他就听到骨节咯咯作响的声音，像身体内部痛苦的咳嗽。咯咯咯，咯咯，咯，无数次在梦中，这声音成百倍放大，击着耳膜。

父亲老了之后，他每周都去探望两次；父亲生病之后，他整夜守在病房；父亲死了之后，他买了一块位置绝佳的墓地。邻居们称赞他为大孝子，妻子冷笑着说他把自己当成了圣人，浑身上下满是原谅的窟窿。可难道不应该原谅吗？

从前，有那么多人喜爱他。在单位，所有人都热切地称呼他为马老师，因为他从不拒绝别人的请求，无论是代课、批卷、填表格，或家里的琐事，照顾孩子、协调离婚、买房装修……学生们也喜欢他，他温和幽默，不乱发脾气……他一年又一年被评为优秀教师，送走了一届又一届的学生。他相信，只要保持善良，拥有书本中提倡的美好品德，自然会获得幸福。

那时候，他的确获得了某种幸福。在不计回报的奉献中，马老师体会到别人难以察觉的乐趣。妻子说他冤大头，他就会笑着反驳："等着吧，等着吧，我们的幸福在后头。"

可妻子没有等来马老师口中的"幸福"，等来的却是一场灾难。灾难过后，难以平息，妻子质问他："你帮了这么多人，怎么没有一个人站出来帮你说话呢？"马老师只能低声下气地说："不管怎样，我做的都是正确的事。"

走到拐角处时，马老师一摸口袋，才发现手机不见了，莫非放在公厕的洗手台上了？他并不慌乱，慢腾腾往里走。

手机恰好在他走近时亮了起来，又是刘先生发来的视频，他的脸在镜头中只有小小一块，灰蒙蒙的天空和一排排楼房占了大部分，刘先生站在楼顶边缘，做出往下跳的动作。"我现在死给你看，王丽华！你在哪里？你到底在哪里？"歇斯底里的声音被长镜头吃了进去。

视频戛然而止，没有拍到跳下去的过程，但马老师已想到了阴冷的太平间，那张酷似刘一男的脸支离破碎，继而他想到妻子躺在那里，身体被扒得干干净净。一种说不出的心情控制了他，他关掉手机，快步往家里走。太阳晃晃悠悠地升起来了，空气变为清澈的色泽，小县城的景象也逐步展开，道路修宽了，树木砍掉了，却让人感到更加逼仄。走了一段，马老师气喘吁吁地在路边停下，忍不住打开手机，又把视频看了一遍。这是真的还是摆拍，他分辨不出了，王丽华又是谁呢？

他把两条视频连起来看了一遍，寻找着里面的线索，发现刘先生扬言自杀的楼顶在县政府大街上。继而马老师想起刘先生说过跳跳旅行社的地址就在那里。于是，他迈着沉重的步伐，在县政府附近转了几圈。没找到跳跳旅行社的店面，也没有在楼顶看到刘先生的身影，更没有自杀留下的痕迹。人们像往常一样，匆匆忙忙地从他身边走过。

马老师看着拔地而起的政府大楼，气派的广场和严肃的保安，透露出一种生机勃勃的安全。以前妻子说他应该想办法调到政府大楼，而不是做一个寂寂无闻的乡村教师。实际上，他们对生活总是充满了不切实际的幻想。妻子下岗之前，以为自己马上能升为纺织厂的领导，后来又在网上被人骗去了五万块钱，她解释说，本以为会大赚一笔的。

到家后，他睡了一个昏昏沉沉的回笼觉，好像回到了年轻时候。不知怎么回事，一团火气缓慢地炙烤着他，心脏变得又沉又湿，他不得不蜷起身体保持平衡。恍惚中，他梦到自己正坠入悬崖，四肢重新开始生长。

他是被一串陌生号码吵醒的，接起后只有嘶嘶嘶的摩擦声，像遥远的电路。他想起了妻子，任由嘶嘶声回荡在房间，大概两分钟后，自动挂断了。

又有刘先生的消息，下午两点发来的，视频由一张张照片拼成：第一张照片是一个女孩，大概十六七岁，坐在公园的秋千上；第二张是穿婚纱的女孩和穿西装的刘先生，笑容灿烂；第三张是抱着孩子的女孩，已经发胖，一脸倦怠；第四张是刘先生跪在地上，双手合十，作出祈祷状。照片划过时能清楚听到刘先生的画外音："王丽华我错了，求你快回来吧，我下辈子给你当牛做马补偿你。"

不出所料，王丽华是刘先生的妻子。马老师看了几遍，觉得女孩的样貌有些熟悉，便把视频停住，仔仔细细盯着看。莫非是以前的学生？尧溪很小，只有两所中学，很多孩子都分到了马老师班里。这条线索令他激动不已。

鬼使神差地，他走到阳台，从老书柜里搬出一个落满灰尘的纸箱，打开，拿出一摞厚厚的毕业照。按刘先生的年纪，应该是将近二十年前了。马老师一张张往后看，目光停在自己身上，那时多么年轻啊，他忍不住笑了，头发乌黑，瘦得像猴，两颗大门牙又白又亮。

最终他拿着放大镜在〇五级毕业照上找到了女孩的身影，第三排左数第二个，小小一只，缩着肩，呆滞地看着镜头。县城的孩子只有两条路，一条是考出去，一条是留下来。考出去的不再回来，在遥远的他乡任意遨游，留下来的很快结婚生子，在县城做一些可有可无的工作，王丽华应该是后者。

马老师又从箱子里掏出一个又大又厚的硬皮本，翻开，找到〇五级学生的通讯录，果然，有王丽华的电话和地址。她的字体非常稚嫩，但有股韧劲，蓝色字迹印得很深。马老师决定打过去问问情况，才发现她留的是早已淘汰的固定电话，也许地址也已经换了。

"需要我帮你去找王丽华吗？"马老师给刘先生发消息，想到那双与刘一男相似的眉眼。

"说吧，开价多少？"刘先生很快回复了。

"不要钱，只是帮你的忙。"

"那你想要什么？"

马老师思考了一会儿，回复："我只想问问你认识刘一男吗？"

刘先生不回复了，等了一会儿，马老师又发："我也只是去试试看，不一定找得到。"没有发送成功，刘先生把他拉黑了。

马老师不解地望着屏幕，早上那股厌恶感再次袭来。他深吸一口气，记下王丽华十几年前的家庭住址：仁厚镇上庄街192号。离他住的地方有段距离。

他换了一身干净衣服，走出几步，又折回来，拿了一把雨伞。天气预报说今日有雨，天空已有阴沉的迹象，风吹到身上有点凉。他决定走路过去，穿过商业街，景色逐渐凋敝，两侧的麦子收完了，玉米还没长出来，显得光秃秃的。

直到脚掌发热，他才走到仁厚镇，上庄街在哪里，他没有找到标识，便问坐在路边打牌的老太太："王丽华家怎么走？"

"怎么这么多人来找王丽华？"其中一个老太太皱着眉，指着前方，"往前走两个路口，右拐，再走两个路口，左边第一家，门口有棵桃树的就是。"

"谢谢。"马老师毕恭毕敬地说。

　　王丽华家的木门漆成了绿色，因为风吹日晒，斑驳不堪，布满黑色污渍。他推开门，院子很大，角落里长着脚踝高的荒草，一条石板路铺在中间，通向摇摇欲坠的瓦房，马老师注意到，低矮的房顶上竟然也长着几株荒草，在灰蒙蒙的天空下透出残败的气息。

　　"有人吗？"马老师喊了一声。

　　许久，没有人作答。马老师走到窗玻璃前，又喊了一声。这时才有一个轻快的女声响起："谁呀？"

　　"是，是王丽华家吗？"

　　"怎么，你找我有什么事？"一个女人从黑黢黢的门洞里走了出来，皱着眉头盯着他，她的样貌，就像读书时的王丽华装在一个真空套子里。马老师慌乱地低下头。

　　"你不会又是那狗东西派来说服我的吧，收了多少钱？"女人又问。

　　马老师抬起头，小声说："我，我以前当过老师。"

　　"老师？"女人有些惊讶，从头到脚把马老师打量了一遍，"哪儿的老师？"

　　"实验中学的……"

　　女人眯起眼，望向远处，又凑近他看了看。"哦，我想起来了，你是我在实验中学的老师，教语文的，但我想不起你叫什么了。"她的声音有一丝丝颤抖，"进来坐吧，老师。你找我有什么事？你怎么知道我在这里？"

　　"通讯录……"

　　女人没有听到他的回答，径直往前走。屋子比门槛低几寸，像陷入又冷又潮的沼泽，光线很暗，开了灯才看到陈设相当简单，连个柜子都没有，衣服整齐地摞在床上，地上摆着一个金色的大行李箱，与灰扑扑的墙壁格格不入。

"坐吧老师。"她踌躇了一阵，发现没有坐的地方，便让马老师坐在床脚。

"我没什么事。"马老师沉默了几分钟才开口，"我以为你出什么事了，家里正好有你的地址，就过来看看。"末了，他又补了一句："你没事我就放心了。"

王丽华在空荡荡的房间里走来走去，嘴里发出嘶嘶嘶的声响："一定是看到了刘志军发的视频吧，是他找你来的吗？"

"不是。"马老师扯扯嘴角。

"那你为什么管我的事？"王丽华皱起眉头，盯着他。

马老师愣住了，嘴巴像被胶水粘住，发不出任何声音，是啊，为什么要管王丽华的事，怎么就这样冒昧地来了呢？

"我想知道你们认识刘一男吗……"马老师喃喃低语。

"刘一男？"王丽华说，"是刘志军的弟弟啊，他怎么了？不是去北京读书了吗，难道他回来了？"

"不不，只是问问。"马老师连忙摆手，唯恐她看出他的不安，脑中又浮现出那一大片灰沉沉的阴云。原来他真的和刘先生有血缘关系，尧溪真的太小了。

"你到底来做什么呢？"王丽华的手指在眼窝处按来按去。

马老师叹了口气："我来看看，你有没有要帮忙的地方？"

"帮忙？你根本不了解情况，能帮上什么忙？"王丽华生气地喊，大口喘着气，马老师吓了一跳，连忙站了起来。

"我想起你叫什么了，你姓赵对不对？"王丽华把眼睛眯起来继续说，"上学的时候大家都喜欢你，可你的笑容，说话的语气，走路的姿势，都让我觉得，你的心理多少有些问题。是，我全想起来了，就是这么回事。"

"被所有人喜欢是不可能的。"憋了半天，马老师有气无力回了一句，"我姓马。"

她看着马老师，突然哭了起来，因为站着，不得不把脖子弯起来埋在掌心，于昏黄的灯光中形成一个奇怪的夹角。大概是不舒服，她蹲下，没几秒又站了起来，用右手扶着腰部。马老师看不清她流了多少泪，只听到小牛犊吞咽干草般的声音。

这个画面令马老师手足无措，仿佛看到妻子站在面前哭泣，泪水把新买的鸡心领毛衫打湿一片。那衣服是另一个男人送的，马老师偷偷看过那男人，穿一双黄色皮靴。马老师也知道，妻子本来想在那件事情过后离开他的，因为他原谅了她，所以她不得不留下。事实上，他一点都没有生她的气，反而对她充满感激。

"别哭了。"马老师的心软了，柔声说，"你发生了什么事？如果你愿意，可以跟我说说，我开导开导你。"

王丽华轻轻哼了一声，没有止住哭泣："我不需要你开导，我说让你来开导我了吗？"

"人人都需要开导，当有困难的时候。"马老师离她近了一点，用更加温柔的语气说，"有些事自己想是想不明白的。"

"可是我只想一个人待着。"王丽华摇头，吸了口气，"你走吧，让我一个人待会儿，反正我也马上就要走了。"

她站得直直的，望向门口，希望马老师主动走出去。马老师犹豫着站起来，叹了口气，冲她点了点头。背后响起沉重的关门声。天色比来时更加阴沉，马老师走出院子，身体阵阵发冷，他知道这一天又虚度了，如从前许许多多个日子那般，这让他的心脏很不好受。他想起刘一男的脸，心跳得厉害，伴有轻微的痒，所以引得他想笑，想咳嗽。

雨真的落了下来，走到路口时，马老师的衣服湿透了，才想起雨伞落在了王丽华家。他没有返回，继续往前走，也许走到大路上拦辆出租车，或者就索性淋回家吧。他穿过老太太们打牌的树下，掏出手机，屏幕花了，擦掉，一小束彩虹显现，很快又被雨滴淹没。他担心手机坏掉，继而又想到没人和他联系，即使联系也是无关痛痒的事情，不会再有好消息找上他。

他走啊走，被无力填满。最后一堂课上，他用诙谐的口吻给学生们讲大学时发表在报纸上的文章，学生们笑起来，他又说，希望学生们永远保持美好的品格，要有纯真的信念。回家的路上，他也如这般无力地走在风雨中。

"马老师。"声音从背后传来，显得十分遥远。

王丽华拿着他的雨伞跑来了，一双粉色雨鞋套在脚上，跨越了几个小水坑。马老师的脚底冰凉凉的。"你的伞。"她递给他，躲在另一把透明的雨伞下，眼睛布满血丝，"这雨说来就来。"

"是啊。"他们退回到树下，马老师撑开雨伞。

"你不会网上叫车吧，我帮你叫一个，怎么说你也是老师。"语气依然咄咄逼人，"得排会儿队，一下雨人就变多了。"

马老师不知说什么好，只能拼命点头，快要点到胸腔里去了。然后是长时间的沉默，雨越下越大，拍打在大地上，溅起一连串纯白色的足有小腿高的水汽，周围因模糊显得愈加荒凉。

"有烟吗？"王丽华问。

马老师摇头。

"你年轻的时候也不抽烟吧。好像有点印象，都过去多少年了。如果我没记错的话，班里的同学都叫你好好先生，褒义词哈。"王丽华的语速慢了下来，"那时候挺好的，也不学习，就每天玩闹。不过还是有点后悔，应该好好念书的。"

"是啊，都过去很多年了。"

"已经退休了吧？"

"是啊。"马老师叹了口气，发现裤子上破了个洞。

"我这种人，以后连退休资格都没有。"她笑了笑，继续说，"不过我要离开尧溪了。你一定很好奇我和刘志军发生了什么，这些日子有很多人来找我，见到我都很惊讶，他们觉得我肯定不在家，但我就是在，刘志军也知道我在。很奇怪吧，当我不再符合期待的时候，他们反而不敢乱来了。以前刘志军要和我离婚，我不愿意，因为我还爱着他。但是当我想离婚，成全他和那个女人的时候，他反而不愿意了，他开始哄我，求我，做出一副卑躬屈膝的样子。奇怪的是，我一丝动摇都没有，反而想好好惩罚一下这个男人，为了他曾经的过错。于是我把他旅行社的钱藏起来了，也把孩子藏起来了，任他怎么找也找不到。他气得在我腰上捅了一刀，现在还没有好呢，然后我就拎着箱子来到了这儿，我爸妈家，不过我爸妈已经不在了。我一直等他来，等他来了，我要在他心上捅一刀。可是他一直不来，只是派人来劝我，求我回去，求我爱他，可我现在只想在他心上捅一刀。"

"这又是何必呢？"马老师叹了口气，"我没有劝你的意思，但他已经有了悔改的念头，原谅他不是更好吗，皆大欢喜。"

"做错事的人，不就应该受惩罚吗？"王丽华的腮部抽搐了一下，"所有来这儿的人都让我原谅他。可那些伤害已经形成，我原谅了他，谁来抚平我内心的痛苦，谁又给我一个交代？老师你说呢？不原谅他才让我好受，才能带给我物质上的好处。我有了钱，有了孩子，何必去管他人的说辞，何必再遵守什么道德规则？"

"如果人人都这样，世界岂不乱了套？"马老师犹豫地说。

"只要不犯法，怎么会乱套呢？我只是不想原谅罢了。"

"但有些事情，不能只依靠法律，所以我们有道德。孔子也说，冤冤相报何时了。"

王丽华叹了口气："车要到了，老师。我不想和你争辩，我现在的心很平静。明天我就带着孩子去别的地方了，如果你想告诉刘志军，我不拦着。"她耸耸肩，眼睛看向别处。

　　"我怎么会告诉他呢？"马老师大惊。

　　"也许你会觉得这是正义的事。"她笑了笑，冲他点点头，往家的方向走去。

　　马老师无奈地抽动嘴角，望着王丽华离去的背影，难以忍受的烦躁和早上那股喷涌而出的厌恶在体内翻涌。雨水撞击在她的粉色雨鞋上，一下又一下。他闭上眼，看到来时的路淹没在一片肆意的汪洋中，与刘一男的脸融为一体。

　　接到学校电话的时候，马老师并不知道那就是最后一课，后来他才听说，是刘一男给教育局打的电话，举报他课后给自己补课。他记得，那个内向的不善言谈的男孩，总是沉默着，用善意的眼光望着他。

　　他就那样离开了学校，利落，干脆。他甚至没有去质问刘一男。他只想把这些年的愤怒转化为真正的原谅，实在不行，平静也可以。在漫长的时间里，他以为他真的做到了。他的身体又颤抖起来，他不知道跟谁说这样的感觉。

　　"哎！"他冲王丽华喊，可声音无法穿透雨膜。

　　他跑出去，右脚突然被泥泞吸住，一个趔趄倒下去，伞檐塌了，雨水覆在身上。他寻找着粉色雨鞋的身影，忍着疼痛爬起来，一瘸一拐地奔向前。"哎！"他又喊，王丽华停了下来，震惊地望着他。

　　他已肮脏不堪，头发上沾满黄色泥沙，被雨水一冲，流到眼睛里，像在慢慢融化。"让我看看你的伤口。"他大声说。

　　"什么？"

　　"刘先生捅在你腰上的伤口，让我看看。"

"你在搞什么？"王丽华警惕地望着他，把胳膊抱得更紧了一点。

"如果严重的话，我带你去医院看看。伤口如果沾了水，很容易感染。"

"已经好了，你赶紧回家去吧。"王丽华冷冷地看了他一眼，转身继续往前走。

"你得让我看看。"马老师上前拉住她，"你不能一个人待在这儿，万一发炎了呢。"

王丽华触电般推开他。"神经病啊。"她大声喊，眼里流露出的憎恨令马老师节节败退，"你离我远一点，死变态。"她很快跑开了。

马老师瘫在地上，双腿分开，手拄在身后。刚才的摔倒并不疼，一点感觉都没有，他只是惊讶于王丽华的力气，那么娇小的女人竟然有这么大的能量。他的手掌擦破了，血冒出来，染红了袖口。他盯着那团污渍，这算什么呢，他见到过比这更大的事物，当妻子问他为何如此懦弱时，他的心依旧毫无波澜。可是此刻，他应该继续往前爬，爬到王丽华上锁的家门口，问问这一切究竟是为什么。为什么那对贫苦的夫妻求他给孩子补课，他怀着同情照做了，最后收到的却是他们的举报？为什么他因此丢掉了工作，没有一个人愿意站出来，哪怕帮他说一句话？他需要一个答案，来给漫长的人生一个交代。

不知过了多久，出租车的喇叭声打断了他脑中的思绪。他做了几次深呼吸，身上的力气似乎回来了，于是他从地上爬起来，擦了擦脸上的泥沙。他想起妻子临死前狠狠掐他的手腕，闭着眼，呼吸面罩上氤氲出白雾，他凑过去，听到模模糊糊的声音，像在下雨。

时间一直在往前走，他呢喃，没有哭出来。

所有故事的结局

○ 一 ○

　　我和秦乐是在省图书馆的电子阅览室认识的。那年，我读大二，他读高三，但他却比我大两岁。起先我并不知道他的年龄，他背黑色双肩包，褪色的圆领 T 恤套在身上，瘦小的骨架撑不起来，显得松松垮垮。他坐在我旁边的电脑前，一边查资料一边记笔记，我瞥过去，高中数学。这使我感到庆幸的同时不免沾沾自喜，我脱离了苦海，展开了自由自在的大学时光。但这种庆幸很快又被忧虑代替，自读大学以来，忧虑几乎挤满了我所有的时间，前一秒还处于极度亢奋的状态，下一秒立刻垮了下去，仿若口腔里的冷热交替。

　　是他先跟我说话的。对于搭讪我持中立态度，不像我的舍友惠子那样反应剧烈，她认为，爱跟别人搭讪的男人，尤其是爱跟女人搭讪的男人，缺乏对世界基本的敬畏。她还提到了"站位原则"，每个人都应该守在自己的位置，像被磁场吸住的质子，不可越到别人的领地。所以当他开口讲话时，我心中隐隐动摇了一下。

　　"你好，你是作家吗？"

　　我正在电脑上摆弄小说，打算参加一个文学比赛，密密麻麻的字体有震慑眼睛的效果，所以他把我当成了作家。

93

　　"不是。"我回答，"只是写着玩儿。"我犹豫要不要关掉页面，这时他的头靠过来，目不转睛盯着看。一阵紧张感袭来，我从没让除我以外的人读过我写的东西，它太私人化，装满了秘密与羞耻，打开它就像撕裂了一张不完美的脸。好在他快速回到自己的领地，我最小化页面，蓝莹莹的屏幕反着光。

　　"你在哪里上学？"他问。

　　"医科大学。"

　　"大学啊。"他说着，把课本拿过来，问我，"这道题怎么做，你会吗？"

　　我知道我肯定不会，但还是假装盯了几秒，然后摇了摇头。"都不记得了。"

　　"好吧。"他抽回手，我瞥到他的习题册，记满了五颜六色的笔记。高中的我从没这样刻苦学习过，虽然每天处于封闭的环境中，像一块风干的牛肉变得又老又硬，但完全是身在曹营心在汉。我渴望自由，想去别的地方体验不同的生活方式，或者读课本以外的书，在脑子里进行幻想与构建。

　　我回到屏幕上，打开了未保存的小说，字体像雪花落进我眼里。整理过程并不吃力，我顺了语言，调整了结构，加入了一些心理描写。本来我是排斥心理描写的，但为了更好地展示人物的性格，必须这么做。文学比赛是我在公众号上偶然看到的，一个线上杂志举办的，首奖为一万元人民币，但我的初衷不是为了钱，只想得到具体的可实施的建议，因为我生活中没有可倾诉的人。当然，除了惠子。但我不希望惠子读我的小说，她甚至不知道我在写，我们只是交流对经典作品的看法。最近她十分迷恋哲学，期望自己长个迂回婉转的大脑，像德国人那样无时无刻不在思考。我觉得她是非常有天赋的人，最起码在我之上，很适合写小说。想到这儿我惊住了，感到一阵凉意从脊背爬到后脑勺，也许她已经开始写了，只是羞于给我看，她读了那么多书，怎么可能不开始写呢？如果她真的开始写了，我的心颤抖起来，一定会写得比我好。

我和惠子自认识以来都在暗中较劲，像两颗沙子上的石头，看似一动不动，实际各自用力往地心里钻。她读了什么书，我会认真读一遍并揣测她喜爱的理由，反之，她也会这么做。有次我看到她在教科书下面压了本格里耶的书，那是我那几天最喜欢的一本，反反复复读了好几遍。她曾说无法欣赏意识流小说，此刻却读得津津有味，让我有种被鞭子抽打的不适感。另外，我们每月会交换一次日记本，上面记录着每天的心情，看完给对方留一些鼓励或反驳的话。她每天的日记都令我惊奇，即使最平常的小事，在她笔下也会变得灵活有趣，紧紧抓住那个瑰丽柔美的点。她有转化事物与感受的巨大才华，这段时间，我往往是挫败的，读着读着思绪会变得凌乱不堪。

我把小说给线上杂志的邮箱发了过去，传来轻轻的叮的一声，代表发送成功。今天是截稿期，入围的五个人将在一个月后公布，再过一星期出来终审名单。我能做的只有等待。虽然不能把结果看得太重，但我今晚肯定会失眠，裹挟在黑暗中，默默祈祷月光带给我一些好运。总是想到，我应该认清自己，外部的"我"一直在欺骗我，我并非不在乎名利，即使我一直对惠子说，我想做个最普通的人，但总在某一刻、某个场景中唤起对鲜花掌声的渴望。"每个人都有虚荣心，不可能完全抛弃。"惠子说。是的，我明白，我们都与世界相连，即使以不同的方式，但结果都是一样的——或多或少的联结，只要你身处其中，虚荣就是不可避免的。如果想彻底抛弃它，回归纯粹，那必然要在世界中消失，你将不复存在。但奇怪的是，我看不到惠子的虚荣，她那双平静的、湖底一般的、温柔的眼睛，好

比三 所有故事的结局

似在对我宣布："我什么也不在乎。"

"你以后会成为作家吗？"他又凑过来，问我。

"也许吧。"我笑了起来。

上网时间耗尽后，我们一同走出图书馆，傍晚的光线柔和静谧，树木、栅栏、草坪都落上了橙黄色，风暖热温润，让人昏昏欲睡。街边有很多行人走路，在对面店铺落地玻璃的映射下形成了一片片白色的黏稠。我想象世界变成了一个巨大的坑，我们只是某种类似水泥的物料，不由自主地搅来搅去，坑外有眼睛观察我们的进度。最后分开时，他留了我的联系方式，我得知，他是职业艺术学校的学生，特长是大提琴。

"有机会再见，如果你来省图书馆的话。"他说，背着书包走了。

◦ 二 ◦

我很长时间都没去省图，因为和惠子计划了一次旅行。我们虽然读的医学院，但都对药学毫无兴趣。实验室的气味古怪，要养殖、解剖小白鼠，还要把药材用化学品萃取，放在显微镜下观测一整天。我们讨厌这些课程，更喜欢躲在角落里安安静静读书。有次我问惠子，如果让你在一本烂书和实验中选择，你会选什么？我俩都毫不犹豫地选了烂书。

我们把旅行地点定在了泰国，先在网上申请签证，下来后买机票，等待间隙一起出去打工。我们在面包店找到了兼职，店主是个胖胖的中年妇女，我负责烤面包与收银，惠子负责做咖啡。由于消费略微比同行高，所以除了活动期间来的人并不多。有次碰到化学老师，她带女儿来吃甜品，我们免费送了冰激凌，她意味深长地道了谢，没有提逃课的事。事后，我和惠子心照不宣地笑了，这种笑是一种做错事后尽力宽慰的笑，我们都不是受老师关注的学生，倒也正合心意，毕竟我们只想拓宽真正感兴趣的领域。当然，把所有事做好是一种优秀的品格，可我们深知能力有限。

下班后，我们会到处晃悠，吃一些杂七杂八的零嘴。惠子身上有种美感，体现在她的走路姿势、说话神态、细微动作中。我会情不自禁地模仿她，比如她托着腮，微微斜坐着，刘海遮住眼睛，使我想到米开朗琪罗的雕像，沉静、和谐、富有表现力。那一刻我很想把她画下来，最好放在中景，前景安排一株百合，或者一个杯子，后景磨成纯黑色，或者在黑色里加层蓝色的细纹。后来，我也剪了刘海，效果却不太理想，她是尖脸，我是圆脸，难免显得臃肿。但老板说我们越来越像了，远远看去像一对双胞胎。听到这话，惠子微微皱了眉头。这个眉头使我略感安慰，我突然窥探到那个瞬间：她并非什么都不在意，不认同别人的模仿，想让自己成为独一无二的个体，是虚荣的另一种表现形式。

我们在街边走着，畅想即将到来的旅行。远处的黑色天空被路灯划破，往外流淌着黄莹莹的星星，在北方很难看到清澈的夜空，今天例外。这时我接到了秦乐的电话，他问我想不想去他们学校看演出，今晚有个晚会，相声、二胡、歌舞，什么都有。我看了惠子一眼，告诉他，有个朋友在，得征求一下她的意见，便问惠子想不想去。惠子狐疑地看着我，说不要随便搭陌生人的车。我向她解释，他只是个高中生，没有威胁，更不可能对我们怎么样。

我们去了职业艺术学校，秦乐在校门口站着，似乎比上次高了一点，也可能是昏黄的路灯拉长了他的影子。我挽着惠子走过去。"这是惠子，我最好的朋友。"我对秦乐说。又对惠子说: "这是秦乐,学大提琴的。"他们互相点头示意,谁也没有开口。我注意到秦乐闪躲跳脱的眼神,明白他害羞了。而惠子则是对我非要来看演出的不满,大多情况下她选择顺应我的意思,但转头会通过别的方式发泄出来,就像人体吸收了一些能量,必然要缓慢辐射到外界,否则会在某一刻引爆自身。她释放的方式就是忽视秦乐。我们走进校园,里面很暗,风吹得树叶簌簌作响,惠子的白色长裙左右摇摆,我突然发现她的身体很亮,仿佛把月光吸到了自己身上。

礼堂就在左手边的顶楼,需要登上一个长长的台阶,树枝的倒影落在玻璃表层,像一双双手攥住又张开。秦乐走在前面,我和惠子跟在身后,看上去要走到夜空中去了。如果真能这样也好,我小时候经常幻想顺着某个楼梯就能到达天上的宫殿。惠子小声说: "你看。"我顺着她的指尖望过去,月亮被大块的形状各异的云围绕,颜色依次渐变为黄色、褐色、浅灰色、深灰色,像愈合不久的新疤贴在苍白的皮肤上。"太好看了。"我说, "像电影里的场景。" "一定是塔可夫斯基。"她说。我不好意思说我不知道塔可夫斯基是谁,想着回学校后下载几部看看。

礼堂里的人不多,我和惠子坐在倒数第二排,秦乐坐在我旁边。"还有十分钟。"秦乐说。"几点结束?"我问。"十点半,但是可以中途退场,如果你们着急的话。"秦乐看了惠子一眼,又低下头。她坐得笔直,脊背紧贴靠背,双腿绷得一丝不苟,脖子的线条拉得很长。"你的小说有结果了吗?"他问我。我没想到他会问这个问题,"没有。"我胡乱搪塞过去,害怕惠子听见。但她把头凑了过来: "什么小说?"声音冷清,我感受到尾音的细微变化。"一个小说比赛。"我说。"你写的?"她错愕不已。我点头,又说: "肯定没希望,明天就出初审结果了。"她不再说话，秦乐说："没事，相信自己。"

我心不在焉地看着演出，色彩、音乐、动作、词语都无法提起我的注意力。惠子保持原来的姿势，一动不动，甚至眼皮都没怎么眨。我猜她可能要怪我了，偷偷预设一会儿如何解释。我会说，我本来是想给你看的，但我难以启齿，因为我写得不怎么样。她应该会说，没关系。三个简短有力的字透露出她的不满。果然，演出不到一半时，她站起来溜了出去，我和秦乐随后跟出，外面的空气弥漫着栀子花的清香，一群学生晃过我们身边，打扮得十分入时。惠子的长发飘了起来，她走得很快，三下两下就穿过了楼梯，回到地面。

"我们要走了。"她对秦乐温婉一笑，拉起我的手。

"如果你们有时间，可以去我的琴房，那儿安静。"秦乐连忙跟了一句，他的目光始终偷偷追随惠子。

"那好吧。"惠子爽快的答应使我略微吃惊。她看了我一眼，说："刚才的演出没什么意思，还不如看个电影。"

"下次早一点，我请你俩去电影院。"秦乐笑了。

这次我们三个并排走，我仔细听着他们的谈话，舒曼、威尔第、德沃夏克，一个又一个陌生的名字跳进我的耳朵。我从不知道惠子对音乐有研究，平时去 KTV 她可是一首歌都不唱的。我感觉脚底板微微发烫，手心也出了汗，衣服上一股说不出的怪味纷扰着我的情绪。她都听了些什么，又读了些什么书，为什么我没看到过？我插不进话，很快被甩在了身后，其实是我自动退过去的，我不想让他们看到我脸上的沮丧。秦乐没有发现我的退场，惠子也没有。他们从背影看去十分和谐，惠子的头顶擦到秦乐肩膀处，显得小巧玲珑，好似一只轻快的白鸟。

我们走了很长时间，七拐八拐，穿过幽暗的亭子和湖水，到了一幢手风琴形状的楼前。没有灯，睁大眼走上三楼，走廊里回荡着噼里啪啦的脚步声，秦乐打开左侧一扇门，邀请我们进去。这是个非常小的屋子，大概只有五六平方米，紧贴着窗台的是一张书桌，窗户开着，绿色枝叶在边缘试探，桌上放着一把大提琴，除此之外再无其他。没有地方坐，我和惠子只好站着，秦乐抱起大提琴，说："我随便来一首好了。"他坐到桌子上，大腿夹住琴体，靠在左肩上，右手持弓，微微侧头。他看着我们，眼神坚定，毫无怯意，伸展胳膊演奏起来。琴声传到我的耳朵，是一种轻柔的感伤的又平和的声音，夹杂着枝叶拍打玻璃的声响和远处某种鸟类的鸣叫。我无法用具体的感受词形容，仿佛有双手缓慢地抚摸我的心脏，把我从一个时空带到另一个时空。我温柔地看向惠子，她微笑着注视前方，盯着秦乐扬起的胳膊。一曲很快完了，我刚想问曲名，惠子先开了口："是《圣母颂》吧？"秦乐点头，说："刚学的，还没怎么练，有点磕绊。"她说："挺好的。"我也说："是挺好的。"

回学校的路上，惠子的话比平常多，她说："秦乐比我们大两岁，他复读了很多年，因为想考中央音乐学院。"我点头，看到她眼底的熠熠光彩。她继续说："梦想在当代社会是稀缺物，你看我们班的同学，哪个有梦想？"我说："看不出来，也许有也不会说。"她摇头："不是不说，是根本没有，就知道整天去网吧打游戏。"公交车慢慢晃到学校，我们下了车，手挽手走回宿舍。她问我："你写的什么小说？"我说："关于一个有精神疾病的女人。"她似乎吃了一惊，问："怎么写这个？"我说："突然想出来的，有了灵感就写了。""明天出比赛结果？"她问。我点头。她说："那回去让我看看你的小说，你肯定没问题。"

很奇怪我昨晚没有失眠，反而比平常醒得更晚，梦里我不停地解剖人体，把内脏取出来冲干净又放回肚子里，这个过程非常累人。睁开眼时天已大亮，舍友们都去上课了，惠子坐在电脑前浏览网页，我下床，去卫生间洗了把脸。随后我把梦讲给她听，过程描述得阴森可怖，她没有转头看我，盯着屏幕说："你进初审了。"我愣了一下，继而一阵惊喜自耳朵传遍全身，暖烘烘的。我走过去看，果然"李心草"三个字在名单中伫立，像一块无法移动的石头。"你的小说我看完了，确实写得好，估计终审也能脱颖而出。"她说。

一整天，我沉浸在喜悦中，什么都做不下去。在咖啡馆不停找错零钱拿错面包，导致老板批评了我几句，但我依然难抑脸上的笑意。再过一周，获奖名单就出来了，如果我能拿奖，去泰国的旅游费用不用愁了，甚至可以帮惠子分担一部分。但惠子说，她不需要，她的钱很快就攒够了。我在心里对自己说，能拿奖最好，拿不到也无所谓，进终审已经是巨大的肯定。转眼又想到，"肯定"这个词无疑是我体内的虚荣的再次证明。如果没有进终审，我会不会因为挫败感放弃写小说？

但很快，晚上我躺在床上，又被忧虑填满了。这次依然来源于惠子。我打开音乐软件，搜了《圣母颂》，作者是巴赫，倒是耳熟，查了查资料，某个享誉国际的作曲家。怎么我一点都不知道？提起音乐，似乎只能想到贝多芬和肖邦。我暗自猜测惠子是在熄了灯的夜晚一首首听完的，她住在我下铺，音乐把我的世界隔开。艺术家，我想到，一位真正的艺术家应该了解艺术的所有形式，比如音乐、美术、文学、戏剧等，只会写小说是远远不够的。需要学的东西还有很多，想到这儿，我感到一个全新的世界朝我打开，里面有各种各样奇异的玩意儿，每一件都值得用心打磨。继而，我又想到了塔可夫斯基，惠子那天提到的电影人。我对电影没有深入的了解，仅仅局限于小时候看过的一些港片，外国电影也看过不少，好莱坞大片里的打打杀杀很是热闹。我一直认为电影不属于艺术，只是人们消遣娱乐的方式，和打台球差不多，但惠子的塔可夫斯基改变了我的看法。

我敲了敲床板，惠子很快回应了我，我知道她还没睡。其他人已经睡了，窗帘阻断了月光，黑暗充斥着整个房间，电扇在头顶嗡嗡转着，依旧热得浑身是汗。

"你平时都看什么电影？"我问。

"啊……什么都看。"她小声说。

"有推荐的吗？"

"我最喜欢侯麦的电影，人间四季，六个道德故事，这两个系列都很棒。"

"好。"我在心里默默记下，跟她道了晚安。

我不明白，她几乎所有的空余时间都和我在一起，又是什么时候了解的音乐和电影呢？细细一想，她有时会抱着电脑戴上耳机一动不动，大概在忙活这些吧。那时候我在干什么？应该是读小说，或者构思小说。突然一阵紧迫感压住了我的心脏，像现在这样把时间都用在小说上，依然无法创作出达到期望值的东西，如果再分散给音乐和电影，会不会所有的都抓不住？老人常说，做事要专心，最忌三心二意。我叹了口气，成为艺术家不是件容易的事，也许几万人中才冒出一个。真希望我能有几个替身，各自学习不同的艺术形式，或者时间成倍增加，这个时间段研究绘画，下个时间段听音乐，如此反复，才可能有一丝机会打开那扇门。

在咖啡馆等待客人光临的空当，我和惠子靠在柜台。她头顶的白色小帽衬得她脸型很好看，额头饱满，颧骨平滑，下巴尖尖，像国画中走出来的古典美人。我的颧骨太高，面中部凹陷，每次和惠子合影都倍感压力。

"我想去整容，你看我的脸，太瘦了，显老。"我突然冒出一句。

"不要。"她认真地说，"每个女孩都是美的，各有各的好看，是大自然的旨意。整容只会将原本的和谐破坏掉。"她摸着我的眼眶说："你的眼睛又大又圆，下巴也圆圆的，多般配啊。"

她的手指尖凉凉的，触在我的皮肤上，像轻微的闪电。我笑了起来，仿佛有许多鸽子扑棱着翅膀在我心底起飞。我想惠子一定不会嫉妒别人，她对美有发现、欣赏并包容的能力，这实在太美好了。而我自己，我想着，难道我对外表过于在意，所以会轻易燃起妒火？甚至有时候会转移到惠子身上。我发誓以后不再这样，要大大方方承认美，而不是妄图把美据为己有。

今晚是周五，买一送一日，也是我们的加班日。每次晚到宿舍锁门，我和惠子都会在麦当劳过夜。我们的包里装着书，如果是小说就各看各的，如果是诗集便抽几首最精妙的为对方朗读。有时我们会为哪首最好争执起来，她在这方面从不退步，清晰坚定地表达自己的观点，像一个坐在王座上的女皇指点江山，我往往会屈服于她。

这时，门开了，叮叮当当的风铃声代表又有新客人。我抬头一看，是秦乐，他背着书包，脚步轻快地走进来。

“你怎么来了？”我问。

“来找你们玩儿，惠子呢？”

“在卫生间。”

我让他找个地方坐，到十一点半就可以关店了。惠子走出来，脸上挂着细小的汗珠，她见到秦乐，大步跨了过去，又说："你等着，我给你做杯咖啡。"小鸟一样飞到咖啡机前，加牛奶，做拉花，很快，一杯热腾腾的咖啡出炉了。我瞥过去，上面有两个字：喜乐。秦乐问："一会儿去哪儿？"惠子说："我们一般去麦当劳待一晚上。"秦乐说："那你们太累了，我现在去买点水果零食，去开间房吧，可以休息。"惠子没有犹豫就同意了，我只好把话咽回肚子。

秦乐拎着一兜零食回来时，已经是凌晨，街上空荡荡的，堆满了垃圾，偶尔几辆车驰过，车灯光射进眼睛里，晃得难受。他穿一件白短袖，头发修剪过，比上次显得清爽。他说："我订的双人间，再穿过两条街就到了。"我们并排走，这次谁也没怎么说话，沉默如同一只巨兽，把我们吞进胃里。我稍感不安，毕竟是第一次和男生过夜，惠子毫无察觉，低头观察自己的影子。

“你知道吗，心草的小说进初审了。”惠子说。

“就是上次那个比赛吗？”秦乐转过头。

“是明天出终审结果吧？”惠子询问。

“是。”我点头，“结果不重要，我只是想尝试。”

我说了假话。比赛结果当然对我很重要，我迫切地想登上最高峰，来满足自己长久以来的虚荣心，只是我不能把这些话说出来。人真奇怪，心中可以有各种各样的想法，但说出来的往往是场面话。前方红灯，我们停下来，树叶像海浪一样此起彼伏，仿佛在演奏音乐，风把尘土刮到脸上，我感觉它们顺着毛孔钻了进去，于是用力擦了擦。

旅馆隐藏在一个狭窄的胡同里，地面坑坑洼洼，到处都是下水道的味儿。我和惠子没带身份证，先让秦乐上去打开房门，然后等会儿偷偷溜进去。月亮像廉价的耳环挂在空中，星星四处散落，略显荒芜。惠子从包里掏出烟，递给我一根。"抽完这根就上楼。"她说。我偷偷看她，觉得她的一举一动非常美，细长的烟夹在她的指缝里，燃烧的尾巴像一个通红的烙印，打在她白皙的皮肤上。她比我更有女人的美感，我想，她的身体似乎已经完全成熟了，坚挺的胸部，温婉的腰身，柔美的腿部线条，无一不在散出热烈的甜腻香气。

一根烟抽完，我们把烟蒂扔到垃圾桶，绕过前台女人快速跑上三楼，在房间一边喘气一边哈哈大笑。秦乐不知所云地看着我们，从袋子里掏出两罐啤酒，递给我和惠子。他打开易拉罐，气泡汩汩冒出来，像一小簇烟花，流到地上。

惠子从包里拿出诗集，要求各自朗诵两首，读完，我们继续吃水果喝啤酒，聊一些杂七杂八的事。大多是关于秦乐的高考，还有半个月时间，他表现得漫不经心，说今年不行就再复读一年。我想到下半年我和惠子也就大三了，要面临考研和工作的问题，不免有些烦躁。惠子盘腿坐，吃了几口薯片，深深叹了口气。

"秦乐你一定要考上，北京很好。"她说。

惠子对北京十分向往，她曾在网上看了许多关于北京文艺青年的八卦，彻夜的酒局、诗人们睡觉的大通铺、一茬又一茬的摇滚乐队。她想融进那个集体，热热闹闹地活一辈子。所以我总对惠子产生困惑，她身上流露出的沉静感显得与世无争，本心又渴望热闹的生活，却对烟火气不屑一顾。我和她探讨过这个问题，她说她也不了解自己，因为人活着的意义就是把自身弄明白。和大城市相比，我更喜欢小巧精致的海滨城市，最好穿越整个地带不超过半小时，没事时可以去海边散步，天色阴沉，咸湿的海风吹在皮肤上，感觉有一片片羽毛正在掉落。

"我会尽力。"秦乐说，"运气也不可少。"

折腾到两点多，吃饱了喝足了，困意也自然而然来了，于是简单洗了洗脸，我和惠子一张床，秦乐自己一张，床很软，我几乎不敢动，怕惊扰旁边的惠子，只能侧着身一动不动。随着灯被熄灭，窗帘拉得严丝合缝，无边的黑暗开始涌来。惠子身上散出淡淡的香皂味儿，呼吸沉稳，应该是睡着了，秦乐在右侧早已发出轻微鼾声。我想到小说比赛的结果明天揭晓，心中漫出浅浅的担忧。

第二天我醒得最晚，惠子和秦乐靠在床上聊音乐，一看表已经十点多。

"心草，你快用我的电脑查查比赛结果。"惠子兴奋地说。

我感到肩膀处热了起来，仿佛有个仪器在不停触摸，伴随着突突的节奏。我点开网页，拖到下面一栏的终审名单，一等奖的冒号后面是我的名字。

"怎么样？"秦乐问。

"一等奖。"我没有回头，直直盯着屏幕，唯恐名字不翼而飞。

"我就知道！"惠子尖叫起来，"你有灵气，是写小说最需要的。"

我转过身，秦乐和惠子的眼里布满喜悦，相视一笑。流浪的微风一拥而入，扫过斑驳潮湿的墙壁，我们三人身上没有完全抵抗它们的东西，只有挂在墙顶的窗帘簌簌作响。太阳升到半空，光线变化无常，在地板上投下清晰的图像，宛如一只孔雀的倒影。张牙舞爪的树影在墙上躬身致意，一时遮住了那幅盗版的《戴珍珠耳环的少女》。就这样，寂静占有了一切，如同童年记忆中的某个黄昏的塔楼，在暮色中显得温柔舒缓。啊，我在心里感叹，此时此刻一切都透出美的形状。

◦ **五** ◦

惠子把我得奖的事告诉了所有人，同学们十分吃惊，甚至可以用震惊形容。在他们看来，一个医学生，拿了小说比赛的奖，无异于一只家鸡扇动翅膀飞去了太空。由于我平时沉默寡言，又不爱参加人多的活动，所以当他们你一言我一语地询问评选细节及小说内容时，我不知从何说起。惠子站在我旁边，耐心回答所有问题，她的语调坚定平和，没有丝毫不耐烦。末了，她对我说："怎么样，我可以当你的经纪人，把你捧成一流作家。"她笑出了梨涡，继续说道："我觉得我很适合做策划。"

在这个关口，我问出了那个好奇已久的问题："你写小说吗？"我注视着她的眼睛。

"不写。"她把目光移开，"我没这个能力。"

我本想说你的天赋一定能写出令人惊异的作品，但看到她生硬急促的动作只好压了下去。

晚上，我躺在床上，心底又被小小的雀跃胀满，希望时间停滞，那样就时刻携带期待了，没什么比怀有期待更美好的事。因为很快，这些鲜花掌声就要抛诸脑后，永远定格在过去了。若干年后，谁还能记起这件事？众多人被历史的滚滚车轮碾碎，又被时间之海冲刷干净，哪怕丁点痕迹都无从考证。我惧怕这件事，死亡倒是不怕的。忘了谁说过，一生过完总要留下点有价值的东西才算没白活。这样看来，艺术家是永生的，他们留下了画作、乐曲、电影、小说，每当有人翻阅观看体会，他们也重新变得鲜活。

宿舍里很安静，能听到偶尔传来的汽笛声，像有人在山顶的寺庙里敲钟，而我们在山脚下静待。突然想到小时候，父亲骑车带我去听戏，高高的戏台扫得干干净净，帘幔闭合又张开，三三两两浓妆艳抹的人物踩着小碎步走出来，手里可能拿着快板，也可能拿着手绢，或者空空如也。我总是去后台观察那些人化妆卸妆，他们的脸逐渐变得干净疲惫，笑容堆上来，像半张千层烧饼。戏曲也是艺术的一种，咿咿呀呀的腔调像蜿蜒的溪流，也许我将来可以学一学。

我探下身子，和惠子的呼吸撞到一起。"你听戏吗？"我问她。

"很少。"她闷闷地说，"我听不懂。"

她今晚的状态似乎不对，没有抽烟，一进房间就拉上了帘子。

"你不开心？"我问她，声音在黑暗中显得很突兀，像一把刀划开了塑料膜。

她含糊了一声，说："有些事想告诉你。"

"怎么了？"我悄悄爬到下铺，拉开帘子，惠子的脸埋在毯子里。

她的声音曲曲折折："这个比赛我也参加了，我在写小说。"

大概是之前预设了太多次，所以我没有吃惊。本以为从她嘴里听到这些话，我会嫉妒或不安，但这些负面情绪都没有，相反我松了一口气，胸中渐渐升起一团暖暖的气体，是感动还是什么，说不清楚，但我知道，我为她高兴。她的天赋和才情，是我羡慕并追逐的东西，我希望它能发挥最大作用，而不是渐渐在世间熄灭。

"你本来就应该写小说。"

"可是我被淘汰了。看了你的小说，我明白了我们之间的差距。"她转过脸。

我说："这不能说明什么，明天我想看看你的小说。"

我躺到她的床上，把毯子盖到身上，让她不要因此失望，很多作家一开始都会收到退稿。她说我是个幸运儿，我解释说获奖不能代表什么，因为奖会成为过去，人们始终盯紧你现在的作品。为了安抚她，我试着和她聊一些轻松的八卦，比如塞林格写作要光着身子，海明威会套上妻子的内裤。虽然她肯定听过这些，还是咯咯笑了出来。很快，我们睡着了。

◦ **六** ◦

秦乐失踪了，一周没接电话，也不主动联系我们。和我相比，惠子显得心神不宁，不再参加班级聚会，整日插着耳机读电子书，和她说话时等几秒才能收到回应，像揉皱的香烟盒无精打采地搁置在床上。我没想到秦乐的消失给她带来这么大影响，问她到底有什么心事。她说，从认识到现在，他们每天都有联系，直到高考结束，突然中断了，像有人拿斧头在神经系统上砍了一刀，虽然没流血，但一切都不正常了。

惠子没把她的小说发给我，理由是还得再改改。为了让她尽快回到正轨，我催促她不要想别的，专心改小说。她无奈地笑，我只好提出去职业艺术学校找秦乐，但很快想到高考完了学生都放假了。

没有了惠子的陪伴，我变成了一个人，刚开始浑身不自在，仿佛有千万双眼睛盯着我看，后来就逐渐习惯了。走路时我感到微小的尘埃钻进口腔、气管、肺部，在里面轻轻揉搓，再重新钻出来，整个过程像一场庄严的仪式。

　　马上要开始期末考试，学校里的气氛变得紧张，路上很难看到四处晃悠的学生，大多都去教室或图书馆复习了。黄昏变得越来越长，浮云永不停息地变幻，遮蔽和袒露夕阳的余晖。我独自坐在杂志阅览室的木桌前，自习室里挤得熙熙攘攘，这里却一个人也没有，可见大家对杂志完全没有兴趣。我随便找了几本，看了看目录上的人名，又找了几篇作家访谈，大致了解到一些现状。有的杂志主推九〇后作家的栏目，我读了几篇，惊诧发现少数同代人的作品已经成熟得差不多了。这使我浑身难受，内心掀起了一阵狂潮，那种无力的、焦虑的、渴求的感觉又横冲直撞地回来了。我多么希望自己能写出沉稳、成熟的好作品，而不是像小虾小鱼一般不停被海水冲到岸上，退潮之后枯竭而死。我轻轻掐了掐手腕，提醒自己记住当下的感受。

　　电扇在头顶转圈，风的威力不足以分派到各个角落，两只蚊子在我四周盘旋，已经被叮了三个鼓包。我抬起头，瞥到铁书架旁边的蜘蛛网，上面粘了一小片残缺的树叶。我坐在靠窗位置，玻璃之外是几株长疯了的野草，轻轻晃动着身子。有一道长长的光射到桌面上，投下窗格的影子，使房间弥漫着尘土般的黄色。我记下本地一家杂志的投稿邮箱，把它们放回原来位置，轻手轻脚走了出去。

　　天气热得出了一身汗，我走近宿舍楼，在楼前瞥到一个紧贴在一起的影子，像两块异极的磁铁。是惠子，她的白色短裙露出了大腿线条，紧身针织上衣勾勒出瘦弱的腰身，秦乐的手放在那里。楼前的柳树垂下苍绿的柔软的枝丫，他们站在晃动的光影中，来来往往的人侧头观看，像一幅偶然瞥见的文艺复兴时期的油画。秦乐剃了光头，鬓角处一小片不合时宜的白，脸上满是泪水，惠子正柔声对他说着什么，双手摸着他的肩膀。

　　惠子看到我，吃了一惊，把手缩回来，问我："你去哪儿

110

了？"

"图书馆。"我说，烤冷面的热气熏到手心。我看了秦乐一眼，问他："你去哪儿了这几天？"

"家里有点事。"他低头说，声音哑哑的，手依然放在惠子腰上，没有拿下来。

秦乐没留下来吃晚饭，我们把他送到公交站时，天已经快要黑透了，没有星星月亮，夜空像一张纯净的藏蓝色丝绸静静流淌。一到这时候，整个城市便散出奇异的光彩。路边的小摊儿更热闹了，摊顶的照明灯撕裂了蓄谋已久的暗影，随着响亮的吆喝和学生们叽叽喳喳的耳语，这块地方变得愈加浑浊。

当我看到惠子和秦乐吻别，才终于在脑中跳出"恋爱"一词，它发生得这么快，由模模糊糊的轮廓瞬间凝成具体的实物，像变异的细胞分裂过程，震得我喘不过气。惠子的脸颊绯红，眼睛又大又亮，双手不由自主地摆动，症状和其他深陷在爱中的女孩并无差别。我走在她身边，感觉自己正慢慢消失。

"你爱他吗？"我问了出来。

惠子笑了笑，没有回答。这个话题很快转到了她的小说上："今天我有灵感了，晚上就能改出来，明天给你看。"

"嗯。可以给杂志投稿，我记了一个邮箱。"我说。

晚上我毫无防备地失眠了，虽然紧闭着眼，意识却清晰得像有人拿蜡笔在我脑中画画，每条想法都清晰有力地留下痕迹。我们三个之间的平衡被打破了，这种感觉令我十分慌乱，想做点什么改变此刻的局面，但似乎无能为力。

第二天一早去了阅览室，不知哪里传来阵阵鸟叫，清脆的声音驱走了一夜未睡的沉重感。我换了本杂志，上面有个眼熟的名字，飞马，好像是我昨天翻人名和创作谈时看到的，一个八〇后男作家。他发的短篇叫《搞点蜗牛做沙拉》，名字吸引了我。我翻到二十三页,打算从这里开始读。本以为会是个爱情故事,谁料竟然一丝爱情都没有,讲了偏远镇子上的一桩凶杀案,笔触阴冷,结构精巧,故事离奇,我不得不拍手称快。放下杂志,又翻开另一本,想找到他的其他小说。幸运的是换到第五本后,我找到了一个中篇,名字有趣,叫《写信给加西亚他妈》,便迫不及待地读起来。这篇和上一篇的风格完全不同,而且是以女人的视角展开的,绵长细腻,温柔如水,讲这个女人想飞向太空导致丈夫残废了右腿的故事。一个绝佳的教科书式的小说范本!我按捺住激动的心情,接着寻找,但这次翻遍了整个阅览室也没再找到他别的小说。我只好看他的创作谈,得知他是钢厂工人,写小说十几年了,通篇展露的真诚的氛围是我所喜欢的。最后,我把这两篇小说偷偷撕下来,冒着被老师惩罚的危险装进书包。

走出阅览室,热浪一下子撞在身上,毛孔张开渗出细细的汗珠,抬头看才发现已是中午,车轮般的太阳炙烤着大地。我已经完全从昨晚的不安中解脱了,身体变得轻盈,哼着小曲走回宿舍。我全心全意想着飞马的小说,在网上搜寻他的信息,他长了一张极具艺术范的脸,长发,消瘦,有胡子,眼神颓废。除照片之外还有他出的一本中短篇小说集《坠》,销量不高,我下单了三本,打算送给惠子和秦乐。

惠子在床上打电话,见我回来便挂掉了,坐起来问我去哪儿了。我把飞马的几页小说掏出来递给她,说:"这个作家很厉害。"她接过来,嘴里念着:"飞马,飞马,听起来很耳熟。""我之前没听过。"我说,"但他给了我一些灵感,我要写个新小说。"惠子又把眼睛笑成了月牙状,说:"我的小说改完了,给你看看。刚才把你和我的小说都发给了秦乐,他说要做我们的读者。"

我坐在床上读惠子的小说，语言和她本人的气质十分贴近，宁静、绵柔、潮湿，让我联想到南方小城的梅雨季节。看完我才明白，这是个彻头彻尾的爱情故事，以她和秦乐之间的情愫为贯穿全文的线索，唯一改动现实的地方是把我去掉了，本该出现的我人间蒸发，他们直接在省图书馆相遇，然后每天约会、聊天、分别。

"挺好的。"我说。

"我打算投当地的杂志。"她笑着说，"飞马的小说我也会看，但我现在要出去一趟。"她拿起那几页纸，推开门走了出去。

下午，惠子没有回来，我躺在床上，手里捧着上次没读完的书，曾经爱不释手的词句顺着狭长的小道朝我走来，却怎么也走不到我眼中。我不停地吸气吐气，身体绷得僵硬，吃了两片褪黑素以快速进入梦中。这时，电话响了，铃声打碎了周围令人窒息的宁静，把我从情绪不佳的苦海中解救——是个陌生号码。我抓住这根棍子游上了岸。

"你好，是李心草吗？"是个男人的声音。

"你好，是我。"我说。

"我是想好文化公司的责编，专门出版年轻作家的作品，我看到您获奖的那篇小说，觉得很适合我们的风格，不知您是否有出书的意向？"

我感觉大脑被闪电击中了。

"您现在手里有多少书稿，够十万字吗？"他又问。

"不，不够。"我说。

"有多少字了？"

"五万吧。"我说。其实我只有那一篇，但不想失去这次机会，只好撒谎了。

"三个月能写到十万字吗？"

"能。"我没有丝毫犹豫。

"那好，三个月后交稿即可。明天我会给您寄两份合同，版权和版税的问题都在里面，您看后要是有什么要求可以反馈给我，没有问题就签字再寄一份回来，剩下那份您留底。按时间来算是十月初交稿，尽可能在期限内完成。"

挂完电话，我的心情到了过山车顶端，呼呼的风抚摸我的脸颊，地球引力狠狠攥着我的心脏，带来一阵阵眩晕的、美妙的、睁不开眼的迷离感。出书！我连想都不敢想的事情就这样来到了我面前，突兀程度堪比惠子的爱情。如果我出了书，就有了真正的作品，将带领我进入下一阶段。我抬头，"艺术家"的桂冠高高挂在山顶之上，仿佛唾手可得。

我心潮澎湃地打开电脑，把早上从飞马的小说中获取的灵感记在文档里。三个月，九万字，平均一天一千，听上去不太困难。为此我制订了一个精细的计划，一天中什么时间段看书，什么时间段写小说，什么时间段看电影。我很快起身，背起电脑跑到阅览室继续看杂志，想了解其他作家的作品。但令我失望的是，再没能找到一篇和飞马的作品相媲美的小说，大多是毫无特点的平庸之作。

在此刻的激励下，我开始写新小说了，屋里依然只有我一人，噼啪的打字声在金黄的射线下显得古老又神秘，我瞥到光束中跳动的尘埃，它们仿佛在为我祈祷。和第一篇小说相比，这次我写得很快且没有痛苦，甚至尝到了轻松的快感。好像有人握着我的手，源源不断地把我头脑中的想法提取、呈现、修正，敲击为美妙的文字。直到脖子的酸痛提醒我，我抬头，发现日光已由金黄变为橙红，夕阳落在树杈之间，像一颗半熟的蛋黄。八千字了，还差个结尾，我决定暂时停下，晚上认真想想再继续。

收拾东西时，有人闯了进来，我身后一紧，以为管理老师发现我撕了杂志，要找我算账。结果回头发现是惠子，她的长发湿漉漉的，两鬓打着卷，穿一条新鲜的蓝色波点裙。

"我就知道你在这儿。"她双手抱胸，侧着头看我，"刚才写小说了吗？"

我点头，一起走出阅览室，去校外喝了奶茶，吃了炸薯饼。风吹过时我想起了她的小说，失落感过后，突然意识到其中的绝妙之处：文本像一个完整的平滑的圆，恰到好处地包住情绪和情节，感情线处理得也漂亮紧致，丝毫没有流入俗套。我竟然由此联想到飞马的小说，心中一紧，握她手的力度不由增大了，她"哎哟"了一声，把手抽出来。我观察她被灯光爬行的侧脸，焦虑再次渗了出来，甚至夹带几分可悲的嫉妒。我真希望她就此停笔，去另一个领域（比如电影、音乐、舞蹈）大干一场，便可以互不干扰彼此的进程，最后依然能在终点相遇。但我不能这么恶毒，我得承认，她写得比我好，得奖的应该是她，可能是某个评委阴差阳错漏掉了她的小说。可我又不敢想象真是这样该怎么办，按我的性格，会永远封锁"艺术家"的梦吧。

◦ **七** ◦

三天后我收到了出版合同，惠子非常震惊，反复问我是真的要出书了吗，我说是的，十月交稿。我们细细研究合同上的条款，唯恐出什么纰漏被骗得倾家荡产。

"我真为你骄傲。"她看着我的眼睛，目光温柔得像一汪泉水。我想起我们交流对经典作品的看法时，她也是这样看着

115

我的。现在那段日子一去不复返了。秦乐没再出现，他有意避开我，每天下午和惠子在校门口的酒店约会。我感到渐渐失去了惠子。我不知道她最终漂流到哪里，她不再读书，也不写小说，时间变为一颗颗草莓印，打在她平整白嫩的脖颈上。我盯着那些伤痕发呆，是秦乐留下的。他们接吻时闭着眼还是睁开？她沉醉时的脸是绷紧还是放松？这些想法轻轻折磨着我。

为了抵消这种情绪，我一个人去阅览室复习期末考和写小说，这期间是我最快乐的时光，文字变为一条条彩色飘带，七扭八绕地飞进我的眼里，整个世界不复存在。我想，我可以枯坐在这个半圆形的房间里直至死去。接着，我把新完成的小说投进本地杂志的邮箱，在最后写了一句话：盼望您的回复。

◦ 八 ◦

秦乐落榜了，比去年低了二十分。大概是羞愧，也可能是为复读做准备，他来找惠子的次数少了。惠子开始同我一起去阅览室，享受着无比宁静的时光。她找到了飞马的新短篇，我才意识到已经月初了。这次题目叫《爸爸请给我一把榔头》，我和惠子盯着纸张捧腹大笑，不由猜测起飞马的性格来。我说："他现实中一定是个流氓，黑白两道通吃，普通话不标准。"惠子摇头说："我持不同看法，人和小说不能一概而论。他生活中应该是个平和的老好人，老婆刚生二胎，每天夜里哄孩子睡觉。"说罢我们又哈哈大笑。我把飞马在网上的照片找出来给惠子看，她说："假照片，这人是日本的一个服装设计师，没准在钢铁厂上班的信息也是假的呢。"就这样，飞马的形象愈加神秘了。

我把新小说拿给惠子看，她问我投杂志了吗，我点头。她说:"我也把那篇投了。"然后我们祈祷能顺利通过。她又提到,期末考完想去美术馆看一个当代画家的画展。我问她从哪里了解的这些知识,包括音乐之类的。她笑嘻嘻地说:"艺术概论看来的,我想跨专业考艺术类的研究生。"我问她考哪里,她说:"北京电影学院,以后秦乐在央音,见面也方便。"我心里一阵酸楚,好像真的被抛弃了,但她的话带给我一些启迪,从前我不相信教科书能真正输出知识,看来这想法过于狭隘,决定以后除小说和哲学之外,再读一读别的种类。

期末考试很顺利,题目大多是书上的原题,考前老老实实做了一遍,都还有印象。惠子烦恼不堪,因为没认真复习,担心自己挂科。泰国之旅取消了,准确来说是我把机会让给了秦乐,我知道他想去,而我想趁着暑假赶赶书的进度,所以并没有不愉快。他们启程那天我把行李搬到家,用抹布擦干净桌面,电脑旁放着飞马的小说集。我严格按着计划表实施,像转动不止的风车,这样一来,做梦少了,睡眠多了,空虚感再没出现。

当然,也有痛苦的时候,当我敲下一排排文字,随之而来的是严重的自我怀疑。这真是我写的吗?我不敢相信自己的眼睛,太糟糕了。每当这时候我就会读一读飞马的小说,只要看到他的句子,灵感便像雪花一样飘来。俗一点说,他成了我的精神支柱,我躺在床上,不停猜测他在生活中究竟是什么样子。如果能遇到他,第一句话跟他说什么,我想我一定什么也说不出来。

惠子偶尔与我联系,询问我小说进度并分享各种游客照,她笑得眼睛弯弯,透出缠绵悱恻的娇媚感,而秦乐站在树荫下,脸上布满忧愁和不安。我问她秦乐怎么了,她不懂我在说什么。可照片中一明一暗的对比如此强烈,她怎么会看不出来?这些照片让我怀疑生活本身的真实性,也许他们根本没有去泰国,我也没有写小说，这一切是我虚妄的大脑构想出来的，但很快我摸到键盘，又瞥到飞马的小说集封面，才回过神来。

由于每天高强度的写作，暑假一结束，我便完成了任务，第一时间发给了惠子。从泰国回来后，她的皮肤晒得黝黑，脸上多了几点细碎的斑，看起来更健康了。她很快读完了书稿，并没有太多赞美之词，反而认为我写得粗糙了，提出很多修改意见。我心里十分别扭，因为她说的这些问题没有使我茅塞顿开，反而更糊涂了，我完全不知道怎么修改。她问我："你有没有考虑过一个问题，小说的情节没有你想得那么重要，传达出来的意味才是最主要的。"我问她，如果情节不重要，那用什么来体现文本的诗意性？她说："用人物或者画面或者语言，反正不单纯是情节。"我告诉她，我的第一篇小说就是用情节写的。她的脸涨得通红，说："第一次可以凭借天赋发挥，后面就不能这样了，不然就是重复，你应该找到一个更为确定的方向。"

方向，写小说需要什么方向？我百思不得其解。对我而言，写作完全是一种倾泻过程，把自己的经验通过文字传达，唯一需要面对的问题是，所有在头脑中显得简单的事到了实践中立刻变得复杂起来，很难说清楚其中的关联和奥秘。看到惠子微皱眉头的脸，让我心里的小山变得越来越高，撑得身体酸痛。

到了晚上，宿舍完全安静了，我开始细细研究自己的书稿，单看一篇比较满意，凑到一起便显出其中的问题来，相似的题材、人物性格、发展套路，唯一区别只是名字。我意识到了这次的失败，只顾沉浸在快感中，噌噌噌往前跑，把反思扔在了身后，而没有反思的写作注定是无用的。但我完全不知道怎么改，只能丢掉重写，把无数个夜晚的敲击付诸一炬。最后我决定先发给编辑，听听他的想法，反正距合同到期还有一段时间，如果通不过，再做大的改动。

◦ 九 ◦

　　新学期的课增加了不少，我和惠子依然经常溜走，去阅览室看书或杂志。秦乐几乎不来找她了，脖颈处的草莓印渐渐淡去直至完全消失。我问她怎么回事，她说秦乐要认真复习，挤不出时间。

　　十月份时，惠子收到了杂志社的用稿通知，排在下一年，具体月份没确定，而我始终没收到回音，想必确实石沉大海了。这时我才惊恐地发现，得奖并不代表什么，出书也不代表什么，杂志似乎是更高一级的检验标准，代表更大的更成熟的肯定。显然惠子是远超我之上的。我感到一扇沉重的黑色帷幕落在我面前，遮住了眼睛，带来阵阵闷热的燥感，下颚的神经突突跳着。又是嫉妒之火，它重新燃起来，快要把我的身体吞噬。

　　就在我对出书失去信心的时候，编辑给我打了个很长的电话，他说，他认为我的十个短篇都很好，也很适合出版社的风格，决定立马申请书号、找校对然后送去印刷厂。我连问他几遍是不是真的，他说是的，估计下一年四月份就能做出来，到时候提前预售。我心虚地问，不用改吗？他说不用，改得太好读者反而不买账，他们只要读得过瘾就满意了。这话让我哭笑不得。

　　进入十一月，天气凉得越来越快，叶子枯黄地在枝头打滚，风一吹便以优雅的姿势掉下来，仿佛在对世界挥手告别。人们裹得厚厚的，能不出门就不出，所以学校显得空空荡荡，偶尔一两个人影像潜行的鬼魅，在肃穆冷清的光线下游走。这些日子秦乐只来过一次，整个人缩在松松垮垮的衣服里，脸变得更黑了。他给惠子带了几块蛋糕，说是他妈妈做的，想着惠子爱吃甜食，就送过来了。我问他复习得怎么样，他说还可以，比去年紧张，说完看向惠子，想捕捉她的眼睛，但惠子躲躲闪闪，眼里曾有的光芒消失了，变得黯淡、疲惫、无力。她没有告诉秦乐即将刊发杂志的消息，我想，如果两个人不再分享彼此的喜悦，那么他们便不再相爱了。

　　我和惠子开始了更为艰苦的读书生活，规定三天读一本长篇小说。我们甚至想了一个激励创作的办法：同题小说。随便起一个题目，各自在一周内完成一个短篇，然后相互交换，提出意见。所以这个学期过得飞快又充实，寒假时我们没有回家，在学校附近租了个单间，白天阅读，晚上写作，很是快乐。

　　很快，春天到了，校园中的柳树悄悄发了芽，虽然晚上还是有些冷，但白天已经可以脱掉厚衣服了。我和惠子忙里偷闲，拿着床单、零食、书，去操场坐一整天，先看一会儿，再讨论一会儿。我感到身体在日光的照射下逐渐变得轻盈，眼睛也在文字中恍惚起来。惠子在这段时间迅速发胖了，我却越来越瘦，她捏着我的手腕，说我太用功了。大概是精神平静的原因，我不像之前那般焦灼了，反而心平气和地享受阅读和创作的快乐。我们偶尔谈起飞马，很久没在杂志上看到他的作品了。

　　很快，惠子的处女作在本地杂志定了下来，发在今年第八期。我们吃火锅庆祝了一番，看到她沉醉的面容，我的心又隐隐泛起了不安，很快被我压制了。我应该替她高兴，如果是我发杂志，她也会替我高兴的。编辑说我的书还得再等等，本来暂定四月份，因为封面迟迟设计不出来，只能往后推。我陷入了漫长的没有尽头的等待期，惠子安慰我，书怎么会那么容易做出来，要有耐心。那段时间我总是做梦，梦到自己掉进了一个巨大的坑里，惠子紧紧抓着我的手，和我一起坠落。

半年后，书终于在十一月份上市了，没出之前怀着无比期待的心情，出来之后发现也不过如此，所有喜悦都被定格在了过去。编辑想在下下周末办个图书推广会，找个已成名的作家来一次文学对谈，地点定在本地一家比较大的书店，问我想请谁，能力范围内全听我的。我第一反应是飞马，如果能请来飞马，那长久以来的好奇全解开了，我会见到他的样子，听到他的声音，还可以问他的小说从何而来，尤其是那些有趣的题目。编辑问飞马是谁，有名气吗，我把他的小说集《坠》的封面发过去，他勉强同意了。

我把小说集中的一篇摘出来，投给了另一家杂志，因为惠子说每家杂志都有其侧重点，没通过审核不代表写得不好，只能说明不符合他们的用稿标准。"你需要做的是耐心等待并积累余粮。"惠子说。我瞥到她的杂志样刊，明亮的封面刺到我眼里，掀起一阵急剧的痛苦。

本以为飞马不会来了，编辑打来电话，说联系上了，十分巧合，他就在本地，车路费都省了。我问，他一直住在本地？他说是的，听声音挺年轻。我立刻告诉惠子，飞马要来参加我的新书推广会，她也很激动，问："真的吗？"我说是的，他一直都和我们一个城市。我们一起去商场买衣服，外面的冷空气钻进身体，骨头阵阵发麻，像在里面注了冰凉的液体来回晃动。树枝光秃秃地伸向灰白色天空，落叶在地面堆了厚厚一层，脚踩上去清脆作响。"严酷的冬天啊。"惠子感叹。

发布会举办那天，我和惠子很早就出发了。编辑在书店门口等着，由于时间还早，工作人员布置会场，我们站在门前抽烟，等观众来临，有一半的人都是托儿，编辑花钱请的，负责在台下提问题。他认为年轻作者，一开始想点招数提高关注度，以后就可以省点力气。他把准备的几个问题给我看，让我想想怎么回答，无非是一些小说启蒙的时刻，怎么走上这条路的，什么经历对小说的影响最深。我全部有所准备，按着真实讲述即可。

飞马迟到了两分钟，他是跑进会场的，门哗啦一开，带来阵阵凉意，他极瘦，穿着黑色短款皮衣，脚踩卡其色大头鞋，戴墨镜。他的身上有一种弱不禁风的力量。

"抱歉我来晚了。"他合起手，虔诚地躬了躬身，在我斜对面的椅子上坐下。我们一起面对人们。

我的心怦怦跳起来，感觉热意从脸颊烧到胃部，喉咙干得像淌出了血。此刻我所有的想象汇聚为一个具体的人，而这个人瞬间又化为一种充满期待的气体，盈盈充斥在我身边所有的空间，只要看他一眼，气体再次集结成晶，自如地在美妙与更美妙之间切换。他全程没有摘掉墨镜，解释为刚做了近视眼手术，不能见强光。他说话时嘴巴张得很开，门牙上有两个小缺口，像是磕在了硬物上。他的声音使我想起了水流声，平缓而不失韵律。看来有不少人喜欢他的小说，尤其是《搞点蜗牛做沙拉》这一篇，观众提了至少五次。

惠子坐在第一排，眼神时刻追随着我和飞马，时不时冲我微笑，仿佛在说，不要紧张。她穿件鹅黄色羽绒服，衬得脸非常白净，像一尊巨大的发着光的雕像，震得我缩成小小一团。我偷偷观察飞马，看不到他的眼睛，无法确定他的目光落在哪里。但我感觉他的声音发生了细微改变，像是掺杂了某种喜悦。难道他也受到了惠子的感染？我努力克制自己的嘴角，保持原来对着镜子练习过的角度，害怕惠子看出我的窘迫。

"你最喜欢带有哪类特点的小说？"飞马问我。

"你的小说聚集了所有我喜欢的优点。"我几乎没有犹豫便说了出来。读者发出几声笑声。惠子没有笑，她明白我说的是真的。

飞马干笑了两声，继续说："你的小说也挺好的，但我注意到一个问题，你似乎都是写的经验之内的事情，对于小说中的个人经验，你持什么态度？"

"小说首先应该是真诚的，如果没有真诚，一切都完了。我想，不论写自己还是写他人，都会有作者的经验在里边。"

他又提了几个精心准备的问题，我依次回答。接下来读者提问时间，有问我的，也有问飞马的，差不多进行了五十分钟，推广会便结束了。散会后，惠子跟随人流找飞马签名，她走到飞马面前，递过书笑着说："我叫惠子，随便签一句就好。"飞马笑了笑，和面对前几个人时的笑容并无二异，流畅地在扉页写道："惠子女士惠存。"连内容都一样，我悄悄松了口气。

等一切妥当后，编辑组织我们一起吃饭，飞马依然没摘下他的墨镜，隔绝的眼睛像一座神秘的岛屿，数次将我的目光吸进。我叮嘱自己，不要看他，太不礼貌，但还是忍不住侧头。惠子没有说话，也没人和她交谈，头一次地，我成了全场的焦点，他们不停问我一些生活中的事情，我渐渐放松下来。

最后我留了飞马的联系方式，他说如果以后有艺术电影的点映，可以叫我一起参加。惠子插了几句侯麦和费里尼，手指夹着烧到一半的烟，侧脸像雕刻出来的。飞马笑着说他更喜欢瓦尔达。惠子说她还没看过，回去要补一补。我们目送飞马离开，他太瘦了，走路左右晃动，像在暴风雨中的一艘小船。

◦ 十一 ◦

飞马开车来学校接我，想约我看电影，我没有告诉惠子，一个人跑了出去。这次他摘掉了墨镜，出乎意料的是他的眼睛很大，三眼皮，但眼白有点多，所以看着不太和善。他说这次要在一个地下车库放映一部卓别林的老电影，他们经常在那里聚会。我问他们是谁，他说一些电影爱好者。他又提到比起小说，更喜欢电影，期待有天可以拍部自己的片子。后来我们聊到一些私人问题，我得知他比我大十三岁，结过一次婚，有个六岁的儿子，跟前妻回了浙江老家。以前他在钢铁厂上班，现在辞了职在家写作，每天的生活规律且无聊。

车库黑得像一个巨大的地洞，光线无法穿透，投影仪蓝莹莹的光仿佛即将陨落的星辰。里面共有五六个人，棋子般散在荧幕前，谁也没说话。实际上我对这部电影兴趣不大，心思全在飞马身上，他主动约我出来，实在令人惊异，好在他说说笑笑使我放松下来，交流能顺利进行。他周身围着一层淡淡的光圈，显得十分神圣。我瞥向他，偷偷盯着他看，心中被突如其来的甜蜜填满。他的鼻子很好看，在光线的映射下仿佛流淌的雪山，微微外翻的嘴唇看上去也仿佛被水浸泡过。我突然想到了秦乐和惠子。

看完电影，飞马问我想不想去野餐，我点头。我们开车去超市买了一些零食，买完东西驱车上了高速。我问他去哪里，他说到了就知道了。天空阴沉，大片大片的云朵挤满了所有空间，飞快地朝我们涌来，路上的车牌一个个越过，留下一串绿色的箭头，加上飞马和我坐在车内，让我有了世界末日的错觉。"要下雨了。"我喃喃自语。飞马说："没事，一会儿我送你回学校。"大概开了半小时，飞马把车拐进一条小路，缓慢曲折地往前行驶，两旁的树枝光秃秃的。一路上我们没怎么说话，终于他在一个湖前停下了，湖面结着厚厚的冰，像一面坚实的镜子。他下车把床单铺在湖边，把零食和自己做的三明治摆在上面，我们面对面坐下，他说吃吧已经中午了，我拿起三明治咬了一口，说，还不错。他冲我笑，我只觉脸颊烫了起来，便垂下眼神，盯着床单上的图案，是一只红色的凤凰，翅膀边缘发白了。

我不记得如何回到车里的，所有的动作都是机械反应。他脱掉我衣服时天正好下起了雨，轰隆隆的雷声响彻大地，雨点迅速落下，像他一个又一个的吻。好像全身都被麻痹了，没有任何感觉，我呆呆望着他挤作一团的处于我正上方的脸，想不通是如何走到这一步的。车顶有一小片黑色，飞马的小说变成具体的工具，重重凿在我身上。不知为何，他的脸逐渐逐渐变成了秦乐，我叫了一声，想到了惠子，心中弥漫着无数的哀愁。

洗澡时我对着镜子观看我的身体，没有任何痕迹，惠子也没察出我的异样，她依然坐在电脑前写小说。她说已经到一万五千字了，但是还没进入主线，搞不好要写成三万字的中篇。奇怪的是，这次我没有了危机感，好像身体中的某部分流失了。我打开电脑查看邮件，意外收到杂志编辑部的回音："稿子已过审，在准备排期。"我不痛不痒地拿给惠子看，她很激动，笑着说："我就知道你可以。"

中午我们去校门口吃菠萝饭，想到从前彻夜聊经典作品的时刻，而现在我们似乎都离梦想越来越近了。毕业后从事什么工作还不确定，但无论如何我们心里都存留一线希望，而这希望，是抵抗漫长无聊生活的唯一可能。慧子没有化妆，坐在我对面抽烟，聊着聊着眼神便迷离了，略微显得忧虑。我问她怎么了，她只是摇头，说："没事，就是替你高兴，书里其他小说还可以投别的杂志。"她跟我探讨了几家杂志的风格，有的注重故事性，有的注重文学性，不同的杂志要投不同的作品，才能像鱼游在水里一样轻快自然。

这几日飞马依然约我出去，和上次一样，要么带我去酒店，要么带我去野外，简单交流几句文学和电影之后，匆匆来一次。这让我非常困惑，有次我实在忍不住了，在开始之前问他："难道你爱我吗？"他没有停下脱我衣服的手，在我耳边温柔地说："我当然爱你了，这根本问都不用问。"他的声音和话语如此好听，但我感受不到温度，于是我转过头，不想再看他的脸。

回去后我洗了澡，灵感突然来了，我要把我和飞马的故事写下来，不用以前的方式，选择只记录：把我和他的故事真实地记录下来，当然会换两个名字，用日记体的格式，将第一次见面、第二次见面、第三次见面……每一次的过程用流水账般的语言交代出来。于是我开始回忆之前的细节，具体到每个记忆点的波动，没用几天，便把所有的碰面写了出来。我知道还没结束，因为飞马会继续约我出去。

但我的想法落空了，飞马在我的对话框中消失了很长时间。小说搁置在文档中，像一颗烂掉的果核。我不能往下进行，因为我不知如何虚构飞马和我的碰面，换作以前是能够做到的，我可以尽情想象他的样子、声音、拥抱，但现在不行了，我身体中的某部分已经流失。

很快进入深冬，干冷的空气四处摸索，瞬间统治了整个世界。我缩手缩脚地蜷在被子里，看一本本的电子书，抬起头，猛然瞥到墙上的日历，才发现今天是十二月的最后一天，又一年在散漫的目光中溜走了。我打起精神，想约惠子出门逛街，顺便吃点热乎饭。我想到，马上又要寒假了，上次的暑假惠子和秦乐去泰国旅行，而此刻回忆起来仿佛是上辈子的事了。

"出去走走吗？去市区。"我探出头问下铺的惠子。

"你看。"惠子坐起来，声音高涨，把手机推到我面前，"看这里。"

我盯紧屏幕，"飞马"两个字映入眼帘，是一本著名的人物杂志对他的访谈，把他誉为"年度最具潜力青年作家"。

"他突然红了。"惠子用一种喇讽的口吻说，我从没听过她这样的语气，"很多媒体都对他进行了采访，因为他的新小说集。"

"新小说集？"我困惑地眯起眼，他出新书的消息一点都没传入我耳朵。

"你竟然不知道？"她睁大眼睛，像是在看外星人，"难道你平时没有关注他吗？"

我摇头。

"他最近可以说是红透半边天了，不仅发了知名刊物，还出了新书，满世界做活动。"惠子的眼睛亮晶晶的，感叹，"人的运气也很重要啊。"

我想到飞马与我的数次碰面，他突如其来的走红让一切变得极不真实。也许那个人不是他，是我悲伤的大脑对他的复刻。他处在高高的山顶，像一抹流动的雾气，风一吹便散了。也许参加我新书发布会的也不是他，飞马怎么会戴墨镜参加活动呢？我走进卫生间，里里外外检查我的身体，没有任何代表他来过的记号，那些抚摸和亲吻无法成形。

我和惠子坐公交去了市区的商场，再三犹豫之下，我提到我的新小说是用一种全新的方式写的，她很感兴趣，当即让我读出来给她听。我们找了个安静的楼梯口，里面黑黢黢的，灯光根本不起作用，惠子说："你别害怕，我点烟。"于是她走进黑暗中，我站在门口，一半处于光亮下，一半处于阴影里，掏出手机。她的烟头像个完整的红彤彤的句号。我读了其中两段文字，惠子打断了我，说："你写得太真实了，想象力真好。"

"这就是真的。"我鼓起勇气说。

"不会是和飞马吧？"她又点了一根烟，火光映在她脸上。

我点头。

她掐灭烟，从楼梯口走出来，并没有吃惊，看着旁边荧黄色的墙壁，淡淡地说："他也约过我一次，我拒绝了。"

我不知道该说什么，一瞬间周围的事物暗了下去，像是地面不停凹陷坠落直达地心，我看到红色的熔浆喷射而出，光亮地打了个弯落在我脚边。惠子的身后突然长出了翅膀，来回在我眼前扇动，掀起的狂风吹得我眼睛疼。一切都是真的，我咬着牙，感觉胸腔聚集了一股浑浊的气体，遇热膨胀，快要把我的身体撑破。

"都会过去的。"惠子扶住我的胳膊。

她看透了我的心事，让我非常不自在，我们似乎无法分享彼此的情感世界。此刻我充斥更多的情绪是屈辱，她、我、飞马，我们组成了另一个三角形。惠子拉住我的手往前走，我盯着她温柔的曼妙曲线，心中十分悲伤。

我垂下头。

"你应该振作一点，想想你的小说。"她停下脚步，眼含怒气地望着我。

我的心仿佛被闪电击中了一下，当下动弹不得，一道柔和的明光倾泻在我眼前。惠子在我对面微微气喘，把手朝我伸过来，近看像几根层次分明的竹笋，在那道亮光的启迪之下，我觉得惠子的手承载了许多重量。我甚至想到了上帝，在遥远的另一头悲悯地审视我的命运走向。她继续说着什么，手缓缓落在我面前，我又看到她的翅膀轻柔地在我眼前掠过，带来一阵轻柔的春风般的温暖。我想到了新小说，真实的我和飞马之间的过往，我知道我应该停笔了，在此之前有必要虚构一个结局——所有的故事都有结局。它会被完成，然后贴在某本杂志上，或者永远烂在文档里。但一切都无所谓了，尽管我的心空空荡荡，但我已明明白白地理清了它的每一寸。加上结局，一切都结束了。我看向惠子，她浅浅地冲我微笑，我想，这一刻，我们已不需要再说些什么了。

小插曲

◦ 一 ◦

一个秋日的深夜，她突然在他耳边来了一句："好无聊的生活啊。"

他没有立刻回答，因为他快睡着了，她也没有继续说下去。第二天早上醒来，他看着她熟睡的脸，缓慢想起那句话，怀疑自己做了一个梦，反复推测之后，他意识到是真实发生的。于是，仿佛一阵遥远的钟声，离他越来越近，越来越近，变成了刺耳的警笛。

他们是对没有长大的夫妻，他三十五岁，她三十四岁。她动不动就像孩子一样流泪，擦破皮啦，饭不好吃啦，或者根本没有原因，等她意识到时，泪水已经淌了出来。而他呢，喜欢窝在房间里玩游戏，那些游戏大多是中学生玩的，几乎不费脑子，但他乐此不疲。他还愿意在嘴上下功夫，买乱七八糟的零食，关注各式各样的饭馆，每天一杯热红酒。有段时间他迷上了做饭，一下班就钻进厨房，得了一次肺炎后，停止了，没再开过灶。

"你们家像个什么样子啊，连个烟火气都没有。"每次他的母亲来家里时，都要来这么一句。

"出去吃多省事啊。"他找的理由也都一样。

她的父母就显得轻松多了，偶尔来给他们做饭，或者把他们叫去家里吃，吃的时候聊一聊新闻和亲戚们无聊的琐事。她不喜欢听那些事，他却听得津津有味。

她是民办高校的老师，去年刚评上副教授，他是狱警，晋升也很顺利。他们在尧溪的生活一直不错，刚结婚就有两套房子，一套是他父母买的，另一套是她父母买的。他们住在大一些的房子里，小的那套出租。婚后这些年，他们又买了两套房子，她打趣说都是因为没有孩子，钱才会省下来。

在外人看来，这对没有长大的夫妻的生活，比大多数人的生活要轻松得多。社会上存在一种约定俗成的道理：必须吃一定的苦，才能换来一些甜。可这对夫妻吃过什么苦呢？久而久之，人们都暗暗期待这对夫妻的生活掀起波澜，好让他们吃些苦头。

于是在那样一个秋日的深夜，波澜来了。"好无聊的生活啊。"他细细思索她的话，希望她醒来后给出一个解释。但随着她的眼睛缓缓睁开，温柔地望向他，他又希望她不要解释了。

"这么早就醒了。"她说，伸了个懒腰，轻轻碰了碰他的嘴唇。

"被尿憋醒的。"

和往常的周末一样，她先洗了个澡。他穿好衣服，靠在一旁等她。然后他们一起出门吃午饭，吃完开车去郊区的公园里逛逛，到了晚上，去超市买一些零食和水果，回家边吃边看电影。

"你昨晚做梦了吗？"他问。

"什么都没有，一觉睡到天亮了。"洗完澡后，她走过去抱住他，在他嘴上吻了吻。

他也抱住她，吻了又吻，拉着她的手出了门。看来她心情不错，蹦蹦跳跳地下楼，时不时凑过来碰他一下，发出娇滴滴的声音。"我爱你。"她会突然说。"我也爱你。"他会立即回复。这是他们一贯的相处模式，是她从国外电影里学来的。一开始，他觉得十分难为情，朋友们或者父母，他认识的每一对夫妻，都不会像他们这般直接说爱。后来他渐渐习惯了，在这种模式之下，亲吻和抚摸去掉了性的意味，生出了细水长流的温情。每当这时候，他都感到特别幸福。可今天，因为想着昨晚的耳语，他变得有些不自在。

"你怎么啦？"她察觉到他的情绪，含情脉脉地望着他。

"没什么。"他低下头，捏了捏她冰凉凉的手指。走出小区大门后，又说："你最近有没有不开心？"

"怎么会呢？"她反问，压着嗓子。

他只好不再开口询问昨晚的声音，仿佛只要一问，厄运就开始了。奇怪的是，她和平日一样开心地撒娇，或者流着泪躲进他怀里，他也和平日一样，柔声安抚她的情绪，带她去买喜欢的东西。但他的心中却盘旋起年轻时候的事。

从大学到现在，他们在一起十多年了。最初那几年，和她结婚是他的梦想，好像除了这件事，上天再没有给他安排别的任务。本来，她是要去南方工作的，那是一个特别好的机会，被他苦苦挽留了下来。

为了结婚，他们都牺牲了一部分，她没有去成南方，他也没有成为父亲。孰轻孰重呢，他偶尔会偷偷做比较，往往没得出结论就心惊胆战了：这无疑是在破坏原有的幸福，一旦选定了一条路，就不该回头看。每当这时候，他都会跑到她面前，仔细端详她的颧骨，那迷人的部位让他的内心渐渐舒展。她有没有后悔过呢，他暗想，应该不会吧，毕竟婚后生活较之从前，自由只增无减，她父母本来管她很严，一结婚就放手不管了，现在没人能管得了她。

他尽情回想着从前那些美好的、纠结的记忆，妻子的形象在回忆中忽然陌生起来，于是悄悄瞥了一眼，她脸上依然是那副特有的忧郁神情。

　　"时间过得真快。"走着走着，她在一块兔子形状的石头上坐下，侧着头，望向远方。一条细细的小河在落日的余晖下流淌，橙红色天空上点缀着几朵厚厚的晚霞，树叶全黄了，落在地上，满眼萧瑟。"真快啊。"她又说，把手背放在额头。

　　感伤刻在她的基因里，没办法纠正。她的父母也如此，遇到点小事就战战兢兢，唯恐天下大乱。起初他不习惯这一点，大好的时光，什么事值得如此呢，久了之后，他习惯了她的脆弱，甚至需要起这种脆弱来——是他展现男子气概必不可少的基础，也是相处模式的基础，不然他们的生活会变成什么样？

　　"时间过得快，是必然的嘛。"他说。

　　"多可怕呀，一眨眼就过去了，你能想象咱们已经快四十了吗？"她皱着眉头，声音颤抖。

　　他不知该说些什么了。如果在平时，她的感伤不会引起他的注意，可今天他觉得不太对劲，一整天，他的头脑发蒙，想着她昨日的耳语，什么都干不下去。

　　可到了晚上，他们的性爱依然酣畅淋漓，结束后，她像小猫一样躲在他怀里，亲吻他的下巴，没一会儿就睡着了，张着嘴巴，响起了轻微的呼噜声。这一刻的幸福令他浑身舒展，他摸着她有些松垮的皮肤，心又落回了肚子里。

　　◦　二　◦

　　几天后，他们去参加朋友们的聚会，庆祝某位朋友的孩子顺利进入大学，地点在郊区的农家菜馆。他下了班，开车到学校接她，赶往饭店。她有些心不在焉，呆呆坐在副驾驶上，路灯在脸上压出一道阴影，刻在基因里的感伤仿佛渗出了浅灰色罩衫，一层一层蔓延到空气里，让他透不过气。

"你怎么了呢？"他问。

她想了想，脸上现出痛苦的神色，没有回答。

他把车停到路边，熄了火，在黑暗中望着她。即使过了这么多年，他依然觉得她十分美丽，为了聚会，她特意化了妆。四周静得像在坟墓里，偶尔传来一声野猫的叫声。他等着她开口，时间缓慢流逝，朋友们的聚会快要开始了。

"到底怎么了呢？"他着急起来，"有什么话不能对我说呀？"

她叹了口气，把手放到脸上，闷声哭了起来："我什么都干不下去……论文写不出来，实验做不出来，今天我去上课，讲着讲着就讲不出来了。学生们吓坏了，把我送到了校医院，可我什么事都没有，只是什么都干不下去……"

"那你应该歇一歇，去散散步什么的。"他解开安全带，凑过去抱住她，"写论文本来就很难，怎么可能一直有思路呢，不要硬逼自己嘛。"

"我当然去散步了，沿着操场走啊走啊，还是什么都干不下去，就连走路也走不下去，走一会儿就觉得快昏过去了，赶紧坐下来，可一坐下来就又开始发呆。"

"那你发呆的时候想什么？"

她看着他的表情，把脸别过去，不再说话了，泪水顺着脸颊流到脖子里。

"别想了，这都是正常的，谁没有过发呆的时候呢。"他心里想着聚会。

"你有过这种时候吗？"她望着他。

他想了想说："也许是有的。"

她抽泣着。他不再说什么了，吻了吻她，重新系上安全带，随后加大油门，握着她的手。

到了饭店，他才看到她的妆哭花了，眼睛也又红又肿。朋友们好奇地望着她，当初结婚时，他们都觉得这一对不太合适，劝他们再考虑考虑，可还是结了婚。在朋友们的注视之下，他喝了不少酒，她安静地坐着，偶尔夹点菜吃。

考上大学的孩子坐在他父母中间，换了个卷发造型，看起来长大了不少。他的父母没有读过大学，早早就结了婚，当他是个婴儿时，他就见过他了。那孩子脸很长，挂着青春痘，和他母亲简直一个模子里刻出来的。

"你读的什么专业？"他问那孩子。

"导演。"

"在电影学院吗？"她突然插了一句。

"是啊。"孩子挠了挠头。

"学艺术的，艺术，艺术，嘿。"孩子的父亲笑眯眯地说，"当初想让他学医，非要学什么电影，那能有什么前途啊，又不赚钱，也找不到好工作。"

"这不是问题，最重要的是要喜欢。"她突然严肃起来，想了想又说，"人生很短，但有时候又很长，如果不做自己真正喜爱的事情，那还有什么意义呢？"紧接着是一声叹息。"年纪轻轻就明白这一点，多么好啊。"她赞叹地望着那孩子，"等到了一定年龄，就不可挽回了啊，是这样吧？"

这番话说完，时间有了一瞬间的停顿，大家左看看，右看看，露出了尴尬的神色，仿佛听到了什么见不得人的事。而后那孩子父亲干咳了一声，举起酒杯说："是的是的，让我们为了艺术喝一杯。"沉默打破了，又传来断断续续的笑声，他们重新聊起了工作、钱、好饭好酒，气氛相当热烈。

"你赞同我吗？"她悄悄问他。

"当然。"他脱口而出，但他根本没想赞同不赞同的事。

"我同事李芳，你还记得吧，我今天才知道她是居士，经常去凤凰山上的那个寺庙里。我觉得她很好，因为她在做自己相信的事，她有目标。我还有个同事，叫朱丽，明年就去北京读研究生了，她也好，也有目标……"

"是啊是啊。"他附和着她，心里却想着如何喝完杯里的酒。

"我喜欢有目标的人，这个孩子也有目标，多么好，可惜他的父母并不懂他。"她压低声音，凑到他耳边。

没一会儿，那孩子走到她身边，和她交谈起来。她脸上的感伤消失了，取而代之是一种沉静的、入迷的、顺从的神情，因为穿着宽大的灰色袍子，像凤凰山上吃斋念佛的尼姑。她时不时点头，冲那孩子微笑，眼睛眨都不眨，仿佛在揣测某种难解的事物。他一边和朋友们聊着天，一边想听清他们在谈什么，可她从始至终没有侧过头看他。

"那孩子真不错。"回去的路上，她说，"才十几岁，就想明白了很多事情。"

"任性的孩子。"他闷闷地说，"根本不考虑他爸妈的感受。"

"你怎么这么说？"她惊讶地侧过头看他。

他想到她发表"演说"时的严肃神情，还有朋友们看向她时不自在的举动，一股火升腾起来。"要是他是我的孩子，我非揍他一顿不可！"酒精的催化下，他的声音变得又大又凶，把她吓得一激灵。

她气呼呼地瞪了他一眼，没再接话。随着路灯的一闪一灭，不知为何，她想起了大学时候的艺术节，她穿着吉赛尔长裙在舞台上表演芭蕾舞，结束后一个舞蹈老师联系她，希望她毕业后加入省剧团。"最好趁年轻去读个舞蹈学院，不要浪费了天分。"那老师语重心长地叮嘱她。她没有把这件事告诉过任何人。

她沉湎在骄傲的思绪中，情不自禁露出了微笑，可很快脸色一沉，忍不住叫了出来："多么可怕呀！"

他已经靠在副驾驶上睡着了。

第二天醒来后，他忘记昨晚说了什么。她噘着嘴，冷冷地看着他，那种表情他以前也见过，在讨论政治问题、性别不平等问题的时候，她都是这样看着他的。她在这类问题上绝不认输，可他只觉得好笑，这些问题和真正的生活有什么关系呢，都是些假大空的概念罢了，唯一确定约，只要他退让就会相安无事。

"你不应该那么说那孩子。"她说。

"好了，好了，我知道了，我以后不会那么说了。"他赶紧认错。

她笑了笑说："好吧，原谅你了。"笑容还未彻底消失，又被感伤的神色覆盖了，她摇了摇头，继续说："我倒希望我是那孩子，可是我年轻时候什么都不知道，也不关心，一心只为了拿个学位，好去高校做老师，其他的什么都没想过……哎，你看看饭桌上的其他人，过得都是什么生活啊？"

"他们的生活怎么了？"他想起她总是站在一个高点上评判别人的生活，又想起她讲起那些慷慨激昂的问题时皱着眉头的神情，一点都不美丽，也不可爱了。

"……很没有意思，密不透风，死气沉沉的……"她语无伦次，不安地看着他。

"你不应该用你的标准去判断别人。"他忍不住了，语气强硬起来，"你觉得不好，别人乐在其中。干吗给所有事情分高下呢？男人和女人分个高下，国家和国家分个高下，现在你连生活都要分个高下了。难道你不满意我们的生活吗？你后悔了吗？"

她的泪水已经淌了出来，皱着眉头望着他。他不理解，她咬着牙，想大声训斥他根本不理解她的意思，可她什么都没有说。

◎　三　◎

冬季学期过去之后，她请了一学期的假，不去上班了。这是个大胆的决定，工作这么多年，她从未缺席，学校也不准长假。她用的理由是"身体不适，需要调理"，对方追问之下，她回答"流产"。因为没有孩子，年纪又不小了，自然赢得了同情，她顺利地搬着论文资料回了家。

办公室昏暗的光线，还有实验室刺鼻的药水味，像囚笼一样牢牢控制着她，只要待在里面，就会心神不宁，什么都写不出来，论文啊，数据啊，就连一道小学的算术题都无法解开。她感到无穷无尽的时间朝她涌来，憋闷得透不过气。总是矛盾的，她希望时间快点走，把当下的时刻熬过去，又希望不要那么快过完，死亡不可怕，可怕的是没有享受到生活的乐趣。

他觉得她有些小题大做，工作就是工作，哪能轻易不做，有问题就克服嘛。对于像他这般乐观的人来说，生活中的困难不值一提。他非常喜欢上班，喝喝茶，看看报纸，无聊了就打发犯人干活，或者来一场思想教育。

"你得在没意思的事情里找意思。"他对她说。

"是的，你说得对。"她耷拉着眼皮，左手抚摸右手的手指。

她不再当着他的面流泪，可他知道她不开心，于是把她的母亲请到家里来开导她。她母亲穿着墨绿色长裙，肩膀又窄又薄，提着一大兜食物进了厨房，先给她做了一桌子菜，看着她大口大口吃下去。

"人得吃饱饭，吃饱了就好了。"母亲说。

她的头发蓬乱，无精打采地看着母亲的嘴角，回答："是的。"

"你得上班去，越不上班越不行，人会呆傻的。"

"是的。"

母亲站起来，把碗筷收拾到洗碗机，又佝偻着背走回来，仿佛自言自语道："要个孩子就好了，孩子能把所有的困难事解决，一个不行就要俩，俩不行要仨。年纪大了生不了了，那就找别人抱一个，对嘛，南方这种弃婴多的是。"

她沉默，聆听母亲走来走去的脚步声，声音里传递出的信息加重了她的心神不宁，她强忍着不让泪水涌出来。后来她也走来走去，觉得胸口发闷，喘不上气。

"妈，你还记得我小时候在舞蹈班学过芭蕾吗？"

母亲沉思："好像是有这么回事。你小时候学的东西可多呢，我和你爸爸的工资都花在你身上了。"

"我当初应该坚持学下去，我很有天分，对吧？"

"想这些陈芝麻烂谷子的事干什么呢？"母亲说，"人家只是客套话嘛。"

"谁？"她问。

"你不是跟我说过吗，你刚上大学的时候，在艺术节还是什么节上表演芭蕾舞，有个老师夸你有天分，让你退学读舞蹈学校去，那怎么可能呢？"

　　她大惊，原来很早以前就告诉过母亲这件事了，但她一点印象都没有。她一直觉得这是藏在心底的甜蜜往事。

　　"那不是客套话。"她颤抖着说，"要是我当初去了舞蹈学校，没有一直读到博士，也没有来这里工作……那该多么好啊，我过的就是别的生活，而不是现在的生活了。"她的脑中勾勒别的生活的样貌：在舞蹈学校上课，跳舞，吉赛尔裙的薄纱闪出珍珠般的色泽，老师同学都喜欢她；毕了业，她去了剧团，全国各地乃至全世界演出，收获了无数的鲜花和掌声；她活在人们的焦点之下，所以不会变老，也不会觉得没有意思。

　　她颤抖得更厉害了。

　　"我要去舞蹈学校。"她抓住闪烁的灵光，激动地说，"我要去舞蹈学校，继续学芭蕾，年龄不是问题，时间也不是问题。如果没有学校愿意要我，那我就申请国外的学校，反正语言也不是问题，都不是问题。"

　　"你疯了。"母亲睁大眼瞧着她，"我看你是真疯了。"

　　她靠在床上，眼皮肿得又大又宽。高烧持续了三天三夜，意识混乱了，边输液边说胡话，青春啊，芭蕾舞啊，孩子啊，伴随着一声声哭喊。他吓坏了，守在她身边，给她做营养均衡的饭。但她沉浸在可怖的梦中，脸上的泪痕一刻都没干过。

　　中途她醒了一次，睁开眼看到他，第一句话是"我们得试试别的生活"。

　　他仔细地望着她，希望她只是烧糊涂了，问："什么别的生活？"

　　"我不知道，不知道。"她呜咽，"反正不是现在的生活。"

　　她又睡了过去，牛奶在桌子上凉透了，他的心也被一阵冰冷的风缓慢吹着。他想："为什么偏偏是我？别人的妻子喜欢孩子，乐于为家庭奉献，家里到处充满了温情，而我呢，就像个可怜的小丑不停被命运耍弄。"他细细数着伴随着成长的众多阴影：小时候挨爸妈的揍，高考发挥失常，被企业拖欠工资，进现在的单位也费了不少劲，好不容易安稳了，可她……他看了看她熟睡的脸，站起来，绕着房间走来走去，到处都冷冰冰的，像母亲说的那般没有一丝烟火气。

烧退了，她醒来了。

他把她扶起来，给她热牛奶，她握在手里，一口都没喝。"我想到了，我要去北京上表演班。"她张着开裂的嘴唇说，"你跟我一起去吧，我不能待在这儿了。"

"跟我结婚，你后悔了吧？"他痛苦地问。

"不，不是你的原因。"她泪眼蒙眬地望着他，"我没有后悔，我依然爱你。是我的问题，我就是不能再待在这儿了。"

他想哀求她留下来，就像当初求她留下来结婚那样，可是话到嘴边却变成了冷笑："走吧，走你的吧，追求你的幸福去吧！"

亲戚们陆陆续续走进来，手里拎着各式各样的礼品，亲切地呼唤她的名字。有些人她对不上号，无论是他那边的亲戚，还是自己这边的。这些年，她很少和亲戚往来，过年过节也碰不到，大家都默认了她古怪的作风。

"不能冲动啊，年纪也不小了，折腾什么呢？"

"平平淡淡才叫过日子。"

"又没有饿着肚子，不是挺好的吗？"

亲戚们你一言我一语，把空荡荡的房间塞得满满的。她坐在沙发上，微笑地看着他们，眼神、嘴角，乃至整个面部都被一股闪耀着的坚定力量支撑着，她没有多说什么，只表达了感谢的意思。随后，这些救兵们摇着头一个个走掉了。

他开车把她送到车站，再次期待她改变主意。他好久没有和她对话了，虽然她每天都试图和他谈一谈，期待他能和自己一块离开，投身到更有意思的生活中去，但他要么躲到外面，要么一言不发躺在她身边，连呼吸都小心谨慎。他的身体失去了知觉。

他搬下她的行李，轻轻问："我们得去离婚了吧？"

"你怎么这样想？"她想抱住他，他躲开了，"我只是去试试别的生活，何况北京又不远，动车很快就到了。你为什么不跟我一块去呢？"

他露出讥讽的笑，目送她离开了。

◦ 四 ◦

她给他打过几个电话，他都没有接，也没有去北京看她。他终日枯坐在家中，梳理这一切如何发生，又如何走到了这一步。他把她的东西装进箱子封了起来，但家中依然充满了她的影子，幽灵一样晃来晃去，缠绕在身边。后来他终于意识到，往昔的生活烟消云散，再也无法挽回了。

他不能再待在家里，于是周末也去单位值班。同事们离他远远的，从前他和蔼可亲，现在萦绕着极为阴郁的气息，压得人喘不过气。他把单位的报纸全搬到值班室，摞成厚厚一堆，在灰尘和墨水味中入睡。但他什么都看不进去，睡得也不安稳，乱七八糟的梦境引得他号叫、痛哭，却不愿意醒来。白天他泡茶，喝进嘴里又酸又涩，连这个爱好也无法继续了，便把茶叶冲进马桶，看着回旋的水涡上一片黑乎乎，心里仿佛有千万只小虫子爬来爬去，除了移开眼睛，他不知道怎么办。

他依然天天去牢房给犯人进行思想教育，他们不知道他发生了什么，只会用毕恭毕敬的态度对待他，使得他短暂逃离"被抛弃的男人"的身份。但最初的乐趣消失了，他看到的不再是犯人的改邪归正，而是实打实的痛苦，所以他不觉得有成就感了。他猜测这些犯人们服刑几年甚至十几年，他们的妻子会不会等他们，会不会还爱着他们。爱这个词太矫情了，要不是因为她，他一辈子都不会说这个词，怎么现在张口就来了呢？

后来，他连单位也待不下去了，总觉得有股难以忍受的臭气，便挨个检查牢房，想找到味道的来源，但什么都没有。他的眼睛也出了问题，一片雾水横亘在眼前，看东西模糊不清。有次召集犯人的时候，他滑了一跤，把腰扭伤了，只好回家养着。朋友们劝他，工作不要太拼命，随便做做，安心等待退休吧。退休这个词令他难受极了，才意识到自己真的越来越老了，以前她在的时候，他觉得他们还有很多可以享受的时间。

他的心脏总是疼，不知是因为想念她，还是因为怨恨她。一次，他梦到自己死了，躺在棺材里，身上落满了白色的花瓣，孤零零一人，他寻找她，渴望触碰她的身体，但是死人怎么寻找呢。醒来后，他看到一扇阴森森的大黑门，往外冒着可怕的寒气。死亡，难道这就是逐渐逼近的死亡吗，他的心脏又一阵抽搐。

母亲来看他，在他面前流泪，数落他当初不该和她结婚。多么怪的女人，不生孩子，也不维护家庭生活，过年都不知道回家看看，这种女人不会给男人带来幸福，只会带来灾难。

"你条件不差，赶紧再找个女人，生个孩子，现在还来得及。"母亲说。

也许把时间和精力投入照顾孩子中，就可以从现在的状态脱离了。不然，他做什么呢？她去过别的生活了，他也得过别的生活才是。忽然之间，他惊悚地意识到，自从结婚后，他们一直按着她的意愿生活：她说不要孩子，那就不要孩子；她说吃什么，那就吃什么；她说看什么电影，那就看什么电影。这个结论激起了他的胜负心，于是他动摇了，不想再履行忠诚的义务，答应了媒人安排的相亲。

地点是女方定的，到了门口才发现，和她以前来过，她觉得不好吃，气呼呼地说再也不来了，果真也再没来过。他走进去，想起当时坐在哪个位置，她穿着什么颜色的衣服，一切都像昨天刚发生过。

女人比她年轻十几岁，圆圆的脸，身上却很干瘪，说话粗声粗气，像个男人。她想明年就生小孩，不然年纪大了，对身体的损害会越来越大。他们谈起学区房、育儿、孩子的姓氏、奶粉钱、上哪个学校。他顺从地听着，说不出哪里怪怪的。

"我可以等你离婚，但是你的房子可不能给前妻啊，以后我们的孩子还得用。"女人说。

他终于知道哪里怪怪的了，女人谈起所有的事，唯独没有谈起爱，恐怕在以后的生活中也不会。不像她在的时候，他们可以随时随地表达爱的念头。仿佛一阵强劲的风吹过眼睛，如果将来有个同样冷冰冰的小孩，他肯定招架不住。这不是他想要的生活。

事实上，他不知道想要什么样的生活，日子就这么流淌了。

但是他想着她，想着那些娇滴滴的话语，感伤的泪水，孩子一样的爱。从前的他们多么幸福，她为什么要离开这种幸福呢？

他痛苦地嚼着嘴里的牛排，女人说什么已经听不到了。随后他站起来，说了声再见就仓皇而逃，小跑着回了家。

到家后，才发现手机丢了，应该是从口袋掉出去了。他又出门，原路返回，低着头寻找，眼前一片雾蒙蒙的白。他绝望地想到，这一定是上天的惩罚，因为他试图对她不忠，何况，手机里存满了与她的合照，从大学到现在，都是美好的回忆。

他的心堵得更厉害了，坐在路边大口喘着粗气。到了晚上，他感觉到寒冷，站起来打车回了家。他想，他得把丢手机的事告诉她，听听她怎么说，可没有手机，怎么给她打电话？这一夜，他在饥饿和寒冷中度过，这饥饿不是真正的饥饿，寒冷也不是真正的寒冷，可就是有了类似的感觉。

第二天，他去买了新手机，补了电话卡，找店员帮忙恢复了大部分照片，一些更年轻的照片丢失了，令他沮丧又难过。随后他走进照相馆，想把所有照片打印出来，按时间顺序制作成集子，这样就永远丢不了了。他应该早点做这件事的，一张张翻看的时候，他心想她给自己带来了多少幸福啊，与那些幸福相比，现在拥有的东西是真的重要吗？稳定的工作也好，房子也好，家乡也好，是不是禁锢了他追求幸福的可能？

他似乎理解了她的选择，当然，他并不确定，因为她走之前没有好好谈一谈。逐渐清晰起来的是，他的生活是由她组成的，除此之外，他没有别的生活了，他需要她的感伤，需要她的古怪，需要她对生活的期盼。

"我要去北京找她，丢开这一切，只要和她一起生活！"激情在心中久久回荡，灼得他又热又渴。他想象他们在北京租地下室，空气潮湿污浊，身上一分钱都没有，老鼠在床上跑来跑去。可这样的畅想也令他激动不已，身子颤抖起来。

于是，他头一次主动拨了她的电话，问她在北京过得怎么样。她在电话那头哽咽了，为他的电话而高兴。她说起四人宿舍，总被卫生间的声音吵醒，芭蕾舞也重新学起来了，跳的时候腰背酸痛，花的时间比年轻的同学更长，但是每周的表演课都很有意思，没课的时候就去附近的公园逛逛，买点零嘴。他觉得她的嗓音变得厚厚的，稳重成熟了许多。

"你怎么样啊？"她问他。

"我一切都好。"他的心情果真好了起来，一时忘了要去北京的事。

◦ 五 ◦

那天开始，他们每天晚上都会通电话，聊聊各自发生的事情。她一次都没有回来过，他也没要求她回家，但他们依然说爱，说想念。只要听到她的声音，就可以安心做事，他渐渐觉得，她是一个遥远的慰藉，像挂在天上触不可及的星星，洒下的光辉却照耀着他。

有一晚，他们临时有事没有通电话，可日子依旧照常过。渐渐地，他们的通话频率变为两天一次、三天一次、四天一次。后来，他只有想她的时候才给她打过去，听听她的声音，把突然冒出的刺痛感抚平，获得平静。他偶尔也冒出去北京看她的念头，最终因为种种事情耽搁了，毕竟他们的事都不少。

母亲依然劝他要个孩子，他不再理会。一次，母亲来家里打扫卫生，翻出一个落满灰尘的大箱子，打开，里面都是她的东西。他才记起有这么回事，当初悲痛到彻夜难眠的心情已悄然褪去。他给她打电话，把这件事当笑话一样讲给她听。

新的秋天又来了，他看日历，发现她已走了半年多。

他回到单位上班，恢复了喝茶看报，懒洋洋坐在值班室，跷着二郎腿。他对每个人都和蔼可亲，关爱下属，尊敬领导，也重新开始对犯人们进行思想教育，看到他们坚定的眼神，他觉得自己做了极为有意义的事。朋友们的聚会他不再缺席，他发现，她不在，就不用担心说出什么破坏气氛的话，想喝到几点就喝到几点，直到尽兴为止。

一切都和她离开前没什么两样了，他再没想过去北京的事。

他觉得自己越来越年轻了，大概因为晨跑和做饭，他甚至迷上了马拉松。有一天他突发奇想，觉得应该再自律一些，便把家里的游戏装备卖了，换了一台跑步机。真是奇怪，他明明不是爱运动的人啊，他想到从前，与她整天懒洋洋地躺在床上谈情说爱，时间大把大把溜走，竟像上辈子的事了。

他似乎找到了生活的意义，开始规划晚年，想着退休后把房子卖了，进当地最好的养老院，或者找一个小岛生活，每天晒晒太阳，死在布满阳光的沙滩上。他对这样的畅想很满意。

依然是个秋日的深夜，他跑完步，吃了健康的蔬菜三明治，洗了澡，躺在床上愉快地睡下了。他梦到自己在一个巨大的泳池里遨游。忽然之间，他被门锁和钥匙碰撞的声音吵醒了，睁开眼，屋内一片漆黑。该不会是小偷吧，他轻手轻脚起身，穿上衣服溜到客厅，看到一个黑黑的影子坐在沙发上。

"谁？"他大声问。

"是我。"是她的声音。

他吓了一跳，赶紧打开灯，看到她穿一件艳粉色的大衣，碎发湿哒哒地贴着额头，脸上落满阴影的分割线，看不清表情。

"怎么回来了？"他惊讶地问，杵在那里没有动。

"你不抱抱我吗？"她抬起头，望着他。他才看到，她的脸化得乱七八糟，这里黑一块，那里白一块，像刚从舞台上跑下来的杂技演员。

他走过去，透过这张不美丽的脸，他看到了熟悉的感伤神色，又仿佛含着怒气冲冲，他并不确定，只是抱住了她，像抱住一块正在融化的冰。她的身上凉极了，他劝她去洗个热水澡暖和一下，但她摇了摇头，把手放到他的脖子里，笑了笑。

"你的行李呢？"他问。

"就扔在那儿吧。"她说着，哭了起来，把他抱得更紧了，"你怎么瘦了这么多？"

他闻到她身上的香水味，混合着泪水和汗水，熟悉的感觉扑面而来，他的心跳了一下，像启动了某个开关，有什么东西在身后倒塌了。

"乖，我陪你去洗澡，好吗？洗洗你就舒服了，乖。"他柔声说。

她顺从了，拉着他的手一边往浴室走一边说："我爱你。"

"我也爱你。"他脱口而出。

那晚他们睡得很安稳，第二天中午才起床。

凤凰山下

　　我们，万尼亚舅舅，要活下去。我们要度过许许多多漫长的白昼，许许多多漫长的夜晚；我们要耐心地忍受命运带给我们的考验；我们要为别人劳动，不论是现在还是到了老年，都不得休息；等我们的时辰来到，我们就会温顺地死掉，到了那边，在坟墓里，我们会说我们受过苦，我们哭过，我们尝尽了辛酸；上帝就会怜悯我们，我和你，舅舅，亲爱的舅舅，就会看见光明、美好、优雅的生活，我们就会高兴，就会带着温情，带着笑容回顾我们现在的不幸，那时候我们就可以休息了。

——契诃夫《万尼亚舅舅》

◦ 优婆夷 ◦

一

　　李芳已在尧溪待了八年，这座小小的县城里藏着一所民办大学，硕士毕业后，她没有费心找工作，要是仔细找一找，应该能找到更好的。但当时父亲患了癌，她一时心急来了这里，离家较近，待遇尚可。站在教室往外望，可以看到接连不断的田地，春夏绿油油，秋天是金黄色，冬天只剩凋敝。这里是一个完完全全的内陆地区，地势高，风吹起漫天的风沙，干燥侵入整个地面。

　　新学期开始后，办公室入职了一名女老师，名叫朱丽。她二十二岁，个子很高，脸蛋总是红扑扑的，露出孩子气的微笑。传闻她是某位领导的亲戚，破格安排到学校教书。李芳没有参与这样的讨论，她不在意朱丽是否是领导的亲戚，只觉得这位年轻人充满活力，兴致勃勃地在会上发言，打破了以往的沉闷氛围。

　　一个午后，李芳到办公室打印东西，看到朱丽独自坐在办公室发呆，眼角下垂，一脸沮丧，手攥得紧紧的。

　　"有什么需要帮忙的吗？"李芳问。

　　李芳和同事们的来往并不密切，除了每周一次的课程研讨会，发起言来滔滔不绝，研讨会一结束就沉默了。她的个子小小的，套在身上的衣服是十几年前的款式，熨得没有褶皱。她从不散下头发，盘成高高的髻子，小碎发用发夹夹住，露出光光的额头。别人同她讲话时，她会若有所思地一笑，然后抬高下巴，启开紧绷的嘴唇。不知为何，从她嘴里说出的话总弄得人有些不痛快，好像藏着一根戳来戳去的小木棍，可原因出在哪里呢？究竟是那笑容还是话语本身，就不得而知了。

　　朱丽听到声音，连忙抬起头，看到是李芳后，松了口气，喃喃地说："没什么，没什么……"

　　李芳不再搭话，打开电脑和打印机，把每节课的讲稿一页页打出来，装订好。朱丽好奇地看着她，问："你每节课都用讲稿吗？"

　　"对。"李芳回答，"这样保证不会出错。"

　　"你太认真了。"朱丽笑嘻嘻地说，"出错也没事嘛，应付应付就过去了，反正学生也听不懂。"

　　"那可不行，我是个有原则的人。"李芳提上东西走了出去。

刚走出办公室没几步，就听到朱丽气喘吁吁的声音："李老师，等一下，等一下。"

李芳停住了，朱丽走过来，面露难色地说："其实真有一件事需要你帮忙，是这样，我不想住在我家了，我爸妈睡觉打呼噜，晚上总睡不好，你那里要是有地方的话……我能跟你一起住吗？我会付房租、水电费什么的，我还会刷碗。"

李芳犹豫了，她打量着眼前的年轻人。如果放在以前，她肯定会拒绝，她无法忍受和别人住在一起，现在她成了优婆夷，愿意尽己所能帮助他人，而这种帮助，如住持所说，也会帮助她渐渐找到生活的意义。

一切得从父亲的去世开始。在父亲的灵柩前，李芳强忍着不让自己哭出来。一股冷冷的风吹来，泪水让世界变了形。那个瞬间，她被各种各样的念头充满。母亲去世得早，四个孩子中，父亲对她最好，因为她用功读书，心无旁骛。大姐因为早恋辍学打工，二十岁不到就办了婚礼，生了两个男孩。二哥因为幼年高烧，脑袋有些不灵光，做一份开大车的工作，总是夜间上路。小妹读到专科，在老家找了份文员工作，前年也结了婚，生了一个女儿后，辞去工作在家带孩子。这些生活有什么意义？她看着吊唁的人来了又去，匆匆忙忙的模样，仿佛正浮在空中体验着他们那庸常的、无聊的生活。她自己又何尝不庸常、不无聊呢？于是在清冷的唢呐声中，她突然发起抖来，浑身灼热而无力。

回到学校后，她的心上出现了一个洞，仿佛散发着酱缸里又酸又臭的气味，令她难以忍受。她全身心扑到工作中，妄图填满那个大洞，效果却并不理想。这有什么意义呢，她一边工作，一边怀疑工作的意义，嘴里苦苦的。

一个冬日的清晨，她醒得很早，被窗玻璃上的霜花吸引了，形状优美，亮晶晶的。她想起工作了这么多年，每天往返于学校和租住的房子，却没好好欣赏过尧溪的景致，便起身穿好衣服，把帽子戴到头上，出门散步。她沿着马路往前，天还未亮透，呈现出雾蒙蒙的蓝色，越往前走越开阔，那座影影绰绰的山也逐渐清晰，路标上写着"凤凰山"。山路修得平坦，她继续往上，一圈一圈绕到半山腰，看到一个方方正正的寺庙，低矮的木门刚刚打开，一个身穿蓝色袍子的和尚走出来，提着一桶水倒在了一旁。

她继续往上走，想要登顶，一阵钟声伴随着她。山顶上的是一座尼姑庵，比半山腰的寺庙更显破败，木门紧闭，只看到土灰色的石墙。李芳在石阶上坐了一会儿，觉得冷了，便原路返回。太阳升起，金光四射，她的小腿绷得紧紧的，眯起了眼睛。

钟声是从庙里传来的，她在门外踌躇了片刻，走了进去。三位和尚正在殿里上早课，敲着木鱼诵经，香鼎里的香正徐徐燃烧，散出氤氲白烟，空气中有股苦杏仁味。李芳在殿门口坐下，虽听不懂经文的内容，却被层层叠叠的诵经声震颤，那声音虽小，却厚重，仿佛和某种巨大的东西紧紧贴在一起。

那天，她和庙里的住持聊了很久，并帮忙打扫了院落，她本想擦拭殿里的佛像，却被其他弟子拦了下来。住持对她讲起轮回、行善、三皈五戒，她没有完全听明白，但她感到心里的大洞仿佛被抚平了一点。她想起了父亲，以及父亲的魂魄——如果世上真存在魂魄的话。最后，她问住持，我们的生活有什么意义？住持回答，向善，向佛，慢慢去做，就可以拨开生活的迷雾，找到意义。她若有所思地点点头。

回到家后，她买了大量关于佛教的理论书，在家中研读起来。本以为会有诸多进入的障碍，神奇的是，她却读得津津有味，被没有痛苦的极乐世界吸引，想象着那里有什么样的景色。她三天两头往寺庙跑，与住持聊天，帮忙做些杂事。住持见她有心，提议她做优婆夷，不用出家，在俗世中修行，遵守戒律即可。她毫不犹豫地答应了，把工资的一部分拿出来捐给寺庙，学校过节发的米面油也拿过去，并花重金从庙里请了一尊菩萨像，身长九寸，通体碧玉，双目微张。为了安置菩萨像，李芳和房东沟通后，在卧室墙壁的高处挖出一个大小合适的壁龛，白天摆一些水果供奉。

想到壁龛里的菩萨像，忽然觉得朱丽这个超出界限的请求是修行路上的考验，想到这儿，她露出会心的微笑。

于是，朱丽搬到了另一个卧室。这套两室一厅的房子收拾得井井有条，阳光落到木地板，肥皂味混杂着焚香的味道，窗台上各种叫不出名字的绿色植物爬满墙面。客厅里摆着大书架，按尺寸放满了书，多是李芳买的佛学理论书。朱丽拿下其中一本，随意翻了翻，又放回原位。

"李老师，你信佛吗，还是为了讲课用？"她问李芳。

这学期，李芳开了一门主讲佛教文化的选修课。本来，选修的学生寥寥无几，构不成开课资格，她坚持找校领导签字，用那独特的嗓音劝说，终于促成了这门课。她怀着巨大的热情做课件，准备讲稿，对着仅有的几个为修学分的学生，在讲台上走来走去，放大自己的声音。她讲得津津有味，学生们却不喜欢她，因为她太过认真，手机没收，不许迟到、早退、睡觉，不然就不及格。以往每个学期，她的学生评分都是最低的，她并不在意，告诉自己只要做的是正确的事。

李芳没有直接回答，而是缓慢地说："你也可以了解了解。"

朱丽笑着摆手："算了吧，我只相信科学。佛啊神啊鬼啊的，都不存在。"

"你是我认识的第一个信佛的朋友，真好。"朱丽继续说，"信佛会让你快乐吗？"

李芳没有回答，走到书桌前做课件了。朱丽又在身后追问："为什么要信佛呢，庙里的和尚都是真心信佛吗？"

这是个不太好的开始。渐渐地李芳发现，朱丽的脑袋里充满各种各样的问题，不仅问出来，还得打破砂锅问到底，期待李芳给出个答案。

有一次，朱丽问："如果佛真的存在，为什么世界上的人们还在受苦？"

还有一次，朱丽问："极乐世界里如果都是道德高尚的人，又如何凸显'高尚'呢？"

再有一次，朱丽问："什么是正确的，'正确'又是谁规定的，是看不见摸不着的佛吗？"

李芳答不出来，不免有些懊恼。诸如此类的问题越来越多，一到吃饭的时候，朱丽就开始发问，李芳的额头冒出冷汗，懊恼就变成了气恼。她偷偷打量这个比自己小十几岁的年轻人，想知道她为何如此发问，她思考的这些问题，是这个年纪应该有的吗，想当初自己二十多岁时，考虑的只有怎么把硕士学位拿到手。

"你对生活有什么见解呢？"李芳只好反问，"你觉得生活有什么意义？"

"苟活，你就得苟活，不去想这个问题。"朱丽嘻嘻哈哈地说，"及时行乐，贪财好色。"

"这不算回答。"李芳摇了摇头。

"因为根本就是没有意义的。"朱丽突然严肃起来。

"所以我们需要一个真正相信的东西，不然就会不停怀疑。"

"我所相信的就是这个，得过且过，及时行乐。"朱丽的脸上现出极为自信的神色，调皮地看了李芳一眼。

李芳想着她的话，仿佛故意与她作对似的，心中的火焰烧得更旺了。她改为了素食，荤腥只吃鸡蛋，渐渐地连鸡蛋也觉得腥了，就用豆干做出鸡蛋的形状来假装鸡蛋。她更加频繁地去庙里，与和尚们一起诵经，也去更高处的尼姑庵，与面容平静的尼姑们聊天。她把校园里的流浪猫抓干净了，又去校外的荒地里寻找，一只都不放过，统统送进爱心救助站。因为焚香，家里烟雾缭绕，终日一股苦杏仁的味道，朱丽抱怨眼睛都要睁不开了。

"眼睛睁不开的时候，才应该好好看看。"李芳觉得自己的回复十分巧妙，突然有了一丝说不出的畅快。于是她愈加不管不顾地焚香，半夜跪在地板上，对着菩萨叩头。从前叩头时，她的心中必然怀着美好的愿望，但此刻仅仅是叩头而已，她什么都没想。

二

大概察觉到李芳的不悦，接下来的一段日子，朱丽不再发问，大部分时间躲在卧室，传出快乐的笑声或者生气的怒吼，只在工作遇到难题时，才会走出来问李芳一句，语气也是淡淡的。她买了很多漂亮衣服，香水味久久不散，是脂粉的气味，脸也变得白里透红，嘴唇涂成发黑的紫色，看上去极有气势。

李芳不再懊恼，却觉得心中空落落的，她望着默默吃饭的朱丽，几次想开口询问你在忙些什么呢，最终什么都没有说。

当一个人的呼吸就在隔壁卧室，却没有酣畅淋漓的交流，很难不让人产生孤独感，三十三岁的李芳似乎第一次体会到了孤独的滋味。从前她忙着上学，忙着赚钱，忙着父亲的病，忙着追寻生活的意义，孤独悄悄埋在这些东西之下，没有露头。然而当这些东西都随之远去，"生活的意义"也变成了一个遥远的概念，抓也抓不住。直到这时，孤独才终于显现。

李芳开始失眠，躺在床上翻来覆去，常常半夜惊醒，有时是被风声，有时是被朱丽的磨牙声。每次醒来后，都会看到一小撮月光透过缝隙洒进来，落在那尊小小的菩萨像上，她盯着看了一会儿，突然茫然起来。

"原来这就是孤独的感觉。"她心想，情不自禁说了出来。

第二天，李芳忍不住在吃午饭的时候跟朱丽搭话，问："你们年轻人都做些什么呢？"

"就是各种玩。"朱丽心不在焉地说，拿起手机，用嗲嗲的声音发了一条语音。

那天晚上，朱丽很晚都没回来，李芳给她打了电话，没有人接，于是不再等她，到房间睡下了。她睡得很沉，梦到父亲躺在医院的病床上，脑袋里插满蓝色软管，身后的墙壁像海浪一样随风而动。她问父亲疼不疼，父亲摇了摇头，虚弱地指向天花板。她抬头，看到一面巨大的佛像，通体碧玉，慈眉善目地注视着她。她看得入了迷，感到一阵轻柔的风吹拂着头发。就在这时，朱丽开门的声音惊醒了她。

起初一阵眩晕，从梦境跌落到现实世界，脖子里痒痒的，是泪水的痕迹。她很快适应了房间里的光线，喘了口气，揉了揉眼睛。她听到朱丽刻意压低的笑声和男人低沉的说话声，随后他们脱掉鞋，到卧室去了。

朱丽交了房租，无论带谁来，都没什么可指摘的。联想到这些日子她的变化，李芳才意识到朱丽交了男友。是什么样的男人呢？李芳想。在那些慷慨激昂的谈论中，朱丽从未提过男人，只说这是个男权社会，她永远不会结婚，也不会生小孩。

李芳也说自己不会结婚，不会生小孩，把一生献给事业。在这点上，她们倒是挺一致。

李芳看表，三点四十五，只睡了四个多小时，接着闭起眼。刚要睡着时，一阵断断续续的呻吟声传来，把她的困意搅没了。是朱丽和男人混合的声音，很轻，佀是很清晰，李芳甚至听到了男人的脏话。她的心突然跳得厉害，一方面是害臊，一方面是担心。她只好用耳塞把耳朵堵起来，翻了个身，把右耳压住，但无济于事，那些声音仿佛越来越大。她摘掉耳塞，戴上耳机放古典乐，悠扬的钢琴声把噪声隔开，终于入睡。

早上醒来，李芳去卫生间洗漱，看到朱丽卧室紧紧关闭的门，门口的鞋架上放着男人的运动鞋，很大，推测有四十五码。她去厨房做早饭，透过窗户看到灰蒙蒙的天色，尧溪的面貌也模糊起来。她故意把声音弄得很大，豆浆机嗡嗡转动，可是朱丽没有出来，估计也没有醒。

她摊开佛教理论书，拿起红色圆珠笔，一句一句画着看。那些密密麻麻的字都认识，却无法连贯成完整的含义，只好小声读出来，边读边思考。多么可怕呀，她心想，希望时间快点过去。

临到中午，朱丽和男人才起床，其实用男孩更合适，他裸着上半身，肋骨根根分明，几乎没有肉，看到坐在客厅的李芳后，又回卧室把上衣穿上了，大概是不好意思，没跟李芳打招呼，洗完脸后就穿鞋走了。朱丽等了一会儿才出来，穿着宽大的睡袍，眼睛黑黑的，打着哈欠，快要散去的香水味和烟酒味混杂在一起。

"早啊。"朱丽说，"不好意思，昨晚吵到你了吧。"

"是的，吵到我了。"李芳回答。

"我下次会早点回来。"

"那是你男朋友吗？"李芳问，"看着年纪挺小的，多大了？"

"不不，只是个朋友。"朱丽摆手，"应该是二十岁吧，我也不太清楚，在隔壁市里上学。"

李芳有些惊讶："可是你们……"本想继续问下去，到一半又止住了。

朱丽笑了笑，耸耸肩，没有回答，又回卧室去了。

这次交谈过后，朱丽不再晚归，也没有再带男人回来，只是偶尔夜不归宿，频率为一周两次。每当她夜不归宿的时候，李芳就会想起那个年轻男孩，以及他裸露的肋骨。她从来没有近距离接触过男人，读大学时，曾在公交车上遇到一个心仪的男孩，忍不住一直盯着看，男孩下车，她也不管不顾地下车，紧紧跟在身后，盯着那个背影，直到男孩和女友重逢相拥，她才意识到自己做了一件荒唐事。这便是仅存的对异性的记忆了。

如今，这个记忆令李芳遗憾，夹杂着轻微的痛苦。那张脸和年轻男孩的脸重合了。她的身子忽然颤抖起来，一股说不出的滋味冒出来，在心里翻腾，又酸又苦。她摸了摸腋下松软的皮肤，明白青春已逝，什么都没有留下。于是一股沉重的恐惧感填满了她，引得她想大喊大叫。

一个下午，李芳去参加活动，进了学校才接到活动取消的通知，时间空下来了。她不知所措地沿着学校里的人工湖走来走去，给湖里的几只大白鹅喂食，它们喜欢吃馒头，喂完之后，她起身回家。出门之前，朱丽正在睡午觉，她走得静悄悄的，所以回家的时候，她也把开门的声音降到最低，怕吵醒朱丽。结果一打开门就看到黑褐色的运动鞋，男人穿的，一只朝前，一只朝后，随便摆放在鞋架旁边。

朱丽的声音很大，隔着门猛烈地传来，分不清快乐还是痛苦，像笑，又像在抽泣。屋内的男人低语着什么，听不清，隐隐感到一阵怒气。李芳低下头，觉得这双鞋有些眼熟，像在哪里见过，但是想不起来。

也许她应该转身出门，但好奇占了上风。她忍不住想，如果那个年轻男孩知道朱丽在和其他男人云雨，不知会有什么样的感受。与此同时，她的脑袋里冒出许多字词：忠诚、爱、牺牲、纯洁……让她有些想哭。

李芳走到客厅阳台，看到阳光笼罩之下的尧溪，蓝格子般的房顶排列得整整齐齐，有几户院子里种着红色的鸢尾花，狗趴在地上午睡。门开了，男人赤身裸体地走出来，本要去卫生间，看到李芳，大为震惊，想必觉得不合适，又用强装镇静的语气问："回来啦。"又走回卧室，关上门。男人是办公室的同事，比李芳大几岁。

他落荒而逃后，朱丽从卧室走出来，妆花了，显得有些憔悴。她望着李芳，有什么话要说，李芳等待着。

"今天不是有活动吗？"

"又取消了。"

"好吧。"朱丽停下，想了一会儿，又说，"你觉得尴尬吧？"

"你不知道他结婚了吗，还有两个小孩。"

"我知道。"朱丽说，"但这和我没关系，这是他的问题，你应该去问他。"

"你知道就应该和他保持距离，而不是搞这些事。"

"这是你的标准，来要求自己就可以了。"朱丽没有看李芳，走回卧室了。

李芳在客厅站了一会儿，望着那扇紧紧关闭的门，只觉一股浊气硬生生闷在胸口。她决定出门散步，呼吸下新鲜空气。下午四点，她沿着尧溪的街道走来走去，观察路两侧的小商铺，逐渐加深的光线反射到眼睛里，风吹来，轻轻拂着衣角。她继续往前，远离人群，走到一条安静的路上，这时她才想起，这是通往凤凰山的路，继而又想起寺庙、山路、遥远的钟声。原来她已经这么久没来了，久到仿佛是上辈子的事。她甚至快忘了优婆夷的身份，整天感叹孤独的滋味，连生活的意义都抛诸脑后了。

为了惩罚自己，她决定徒步去寺庙，忍受劳累。她走了一个多钟头，扬起的灰尘落到身上，拍一拍，继续上山。最后一丝阳光消失了，影影绰绰的树枝在风中晃动，走到木门前，看到和尚正收拾院里的募捐箱，她翻口袋，找出几枚硬币放了进去。

李芳对住持讲了近况，还讲了朱丽的事。她讲得很乱，声音颤抖，一会儿提到菩萨，一会儿提到孤独，一会儿又提到男人。住持低头看着地面，一声不吭，快要睡着了，末了，他才缓缓抬起头，在尾音结束时叹了口气，说："可以领你的同事来庙里，我劝劝她吧。"

"她可能不会来。"李芳说。

"那你就劝劝她吧，有慧根的人一点就通。"住持咳嗽了一声。

"可是住持，我这样劝她有什么意义呢？"

"这是行善，帮助修行。"住持闭着眼说，"你的同事需要你去感化啊。"

李芳下山，天黑透了，一个浅浅的月牙挂在顶上，无法照耀被遮蔽的大地。树影如怪物般张牙舞爪，远处的山脊像张着血口的蛇，以迅猛的速度爬行。她打开手电，小心照着前方的路，难免脊背发凉，越走越慌。

慌乱中，她奔跑起来，耳畔是呼啸而过的风声，夹杂着怦怦直跳声，心脏仿佛变得又大又湿。而周围静得像在坟墓里，她不由自主想起了游荡在外的孤魂野鬼，内心充满孩子般的恐惧，黑暗也变得寒冷起来。她越跑越快，嘴里嘟囔着佛经，但她知道念得不对，有很多字词因为生疏而出错了。菩萨会不会生气呢？她突然想到这个问题，并暗暗发誓，如果还能平安到家的话，一定会更虔诚些。

嗬呀嗬呀——

回到家已是半夜，漫长的步行仿佛去地狱里走了一遭。一进入温暖的房间，李芳又重新活过来了，她看着明亮的灯光，睁大眼睛，搓了搓冻僵的脸颊，心情无比畅快。朱丽的卧室亮着灯，她走过去拍了拍门。

"怎么了嘛？"朱丽问。

"我想和你聊聊。"李芳说。

朱丽走出来，困惑地看着李芳："你去干吗了？这么晚才回来。"她们坐到沙发上，朱丽把腿拱起来，抵着前胸，一副准备聆听的模样。李芳定了定神，右手交叠在左手上。

"你知道吗，我刚才差点死在路上。"李芳说，"我走了很远的路，还上了山，以为会有什么野兽或者坏人把我带走。但是我念佛经，求菩萨保佑我才顺利回来了。我去山上找了住持，聊了聊我最近的困惑，还有你的事情，住持让我劝劝你，我正有此意。我想你肯定也是出了什么问题，你这么年轻，还有大好的人生要过，千万不能放纵。人活着还是要约束自己的，约束着约束着，就会越来越好了，你就不会空虚，不会害怕。一切都是有意义的。"

"我们已经谈过这个问题了。"朱丽摆摆手说，"准则是用来约束自己的，不是约束别人。我过什么样的生活，肯定由我说了算。我喜欢同男人做爱，那我就去和男人做爱，这是我的选择，你不喜欢做爱，那就可以不做。"

李芳说不出话来了，心中想着邪淫戒三个字。

"不过，真的，做爱的滋味非同一般，你要是和男人试试就知道了。"朱丽继续说，"我倒是认为你应该尽可能享受生活，放松放松，干吗对自己要求那么苛刻呢，菩萨要是剥夺你享受的机会，那也太过分了。人就活这么一辈子，对吗？好了好了，我困了，得去睡了，你也早点睡吧。"

三

接下来的一段时日，李芳的孤独感稍有减退，不是因为全身心扑在修行上，而是因为朱丽。二十二岁的朱丽恢复了从前的热情，但聊天由发问变成了肯定，她不再追问李芳慷慨激昂的古怪问题，而是露出淡淡的笑容，眼睛微眯，用一种似笑非笑的口吻说："昨晚那个男人的滋味不错。前天那个男人不行，完全不像个男人。男人和男人之间，真是云泥之别呀。"

李芳数不清朱丽有过多少个男人。她愈加神秘，有时夜不归宿，有时接很多电话，心思明显不在教学上，中途出了一次差错，被教务处点名批评了，但她不在乎，依旧我行我素。不出去玩的时候，就躺在沙发上看与教学无关的闲书，多是浪漫的言情小说。

李芳好意劝她："应该把精力多放在工作上。"

"嗯。"朱丽懒洋洋地回答，"但是讲课没意思，学生们压根不听。"

"我们站在讲台上，就算他们不听，也得好好讲。"

"是啊，是啊。"朱丽略有敷衍，叹了口气，等了会儿又说，"我真想离开尧溪出去看看啊，我在这里待了太久了，从出生就在这里了。"

李芳心中一动，说："我也想。"接着她想起尧溪漫天的黄沙，看不到头的荒地，有些沮丧地说："我在尧溪待了八年多了。"

"你竟然做一份工作做这么久。"朱丽难以置信地睁大眼。

李芳笑了笑，心头落下一小片阴影。

"还是找男人放松放松吧，谈论这些真沉重。"朱丽打着哈欠说，"在床上最美妙，你要是试过就明白了。"

每当李芳听到这些心迷神醉的分享，都感到窘迫极了，不知说什么好。这次也一样，她咳嗽了一声，打算把这个难以适从的话题跳过去。谁料朱丽走到她身边，隔着衣服用手指轻轻划过她的后腰、背部、肩膀，在她耳边说："做什么优婆夷呢？女人更应该学会享受自己的身体，这并不羞耻。"说完冲她嘿嘿一笑。

李芳只觉耳朵一阵热气，脸一红，生气地看了朱丽一眼，快步回到卧室。她承认她有些生气，但究竟生什么气，不明白。朱丽出门后，她才从卧室走出来，到卫生间洗澡。又一天过去了，她想，时间的确过得太快了。热水淋到身上，她涂抹沐浴液，想到朱丽的手曾划过，气恼地用力搓了搓，皮肤瞬间变红，细小的血渗出来。

洗完后，她擦干身子，镜子上蒙着一层雾气，只看到模糊的轮廓。她用手擦去，看到娇小的胸脯和微微隆起的小腹，像个十几岁的孩子。她觉得自己没什么成年女性的特征，和朱丽比起来，实在差得太远。随后她又突然不安起来，赶紧穿上衣服，尽量不去看镜中苍白的影子。太可怕了，她呢喃。

躺到床上后，她睡得很浅，仿佛有人对着她的耳朵说话，时不时醒来又睡着。迷迷糊糊中，她的身体变得很长，像骨缝拉开，长出了花，在清澈的海面漂浮，额头和鼻梁的连接处也被风吹着。她无意识地从床头滚到床尾，失去控制，最后彻底

163

醒来，呼出一口长长的气，感到一种从未有过的放松和潮湿。

此后，只要一到晚上，李芳的心中便会生出一种心悸般的渴望，但那次的开花般的感觉再也没有来过。这令她有些苦恼，不知道究竟怎么回事，只能把它当作一次天意，或者一次睡梦中的奖赏。

朱丽依旧对她讲男人，越来越细致，也越来越大胆，某些细节常常使她目瞪口呆。慢慢地，她不再像以前那样排斥这些对话，虽依旧无法参与，但会做出部分回应，比如一阵笑声或者吃惊的眼神。当然，她还会在结尾处唱唱反调，维持从前的观点。

"太不可思议了，当然，克制克制也很好。"李芳说，"当然啦，这只是我们优婆夷的想法。"

每当发生这样的谈话，李芳就会跪在卧室的地板上对菩萨解释，朱丽并不是邪淫之人，只是太年轻了，接着祈求菩萨原谅自己的片刻出神，定会好好修行。可是一钻进被子，她就开始回忆那晚模糊却深刻的感受。

四

不久之后，李芳在路边捡到一窝蜷缩在一起的小猫，共三只，看起来出生不久，眼睛都未睁开。猫妈妈不知去向，她拿了一个纸箱，垫上毯子，小心翼翼把猫放进去，带回了家。她先给动物救助站打了个电话，问收不收小奶猫，那边回复最好找领养人家，更容易存活。

李芳便和朱丽商量，留下一只养着，朱丽表现得不是很有兴趣，说自己无法承担这样的责任，但是如果愿意留下就留下吧。还剩下两只，李芳在网络上发布了招领启事，很快有一个初中女生联系了她，李芳面对面进行了一番严肃的考核，通过测试后，女生带走了一只长毛猫。

剩下的一只毛色不是很好看，迟迟没有人想领养。李芳倒也不急，反正养一只和养两只，差别也不大。比起遇到不合适的领养者，还是自己养更靠谱。李芳买了猫砂、猫窝、奶瓶、羊奶粉、妙鲜包等等，精心照顾它们。朱丽偶尔摸摸它们，夸一句真可爱，持续时间不超过五分钟，就又回到卧室关上门。

过了半个月，李芳接到一个陌生电话，声称想领养小猫，是个声音浑厚的男人，猜不出年纪。李芳先是拒绝了，解释想找个女领养者。男人便问为什么，原话是："难道男人就没有领养宠物的权利吗？"

李芳便和他约了时间，让他来家里看看，顺便做个测试。她对朱丽讲了这件事，朱丽说："也许他可以照顾小猫，男人女人在这些事情上没有分别。"

男人来的那天是个午后，他拎着一袋猫粮，轻巧地放到桌子上。他的个子很高，穿黑色外套，背着猫包，戴着眼镜，看起来三十多岁，右腿有些瘸。

"你们好，我是来领养猫的。"他说，声音也有些大舌头。

"先自我介绍吧。"李芳坐在沙发上，让他坐下。

"我叫郭海刚，三十五岁，未婚，在凤仪街开了个卖电动车的店，我的老家是山东的，独生子……"

"你平时抽烟喝酒吗？"李芳打断他问。

"不抽不喝。"

"如果猫生病了你怎么办？"

"赶紧送到宠物医院。"

"你平时有什么爱好？"

"我喜欢看电影、听歌。"

"举些例子。"

"周杰伦的歌，科恩兄弟的电影。"

......

他们聊了很久，一开始是李芳问，男人回答，后来成了李芳说，男人听。李芳说起佛教文化，还有无法形容的苦闷、尧溪的无聊，男人默默听着，嘴角挂着浅浅的微笑。李芳把猫给了他，男人留了她的联系方式，说有什么问题再联系她，就离开了。

李芳从来没有如此顺畅地和其他人聊过，要么就是对方失去兴趣，要么就是自己失去兴趣。那么多话从嘴里吐出来，只觉口干舌燥，大脑放空。她气喘吁吁在屋里走来走去，握着水杯，思索刚才有哪些话说得不正确，确定没有出错，便放下心来，笑了。

晚上朱丽回来，问："把猫领走了吗？"

"领走了。"李芳说，"那个人挺好的。"

"那就行。"朱丽点头，躺到沙发上看书了。

"神奇的是，那个人会吹笛子，只要听着音乐就能吹出来。"李芳继续说，"还喜欢看电影，看书，应该会把猫照顾好。"

"哦，那就好。"朱丽边读边笑，"你知道吗，这本书里有个傻乎乎的富二代，对女主特别痴情，怎么都不肯放弃。"

李芳没有接话，回卧室去了。

隔了几天，男人给李芳打电话，问她要不要去看新上映的电影，李芳应约了，下了早课，在金谷广场碰头。上次的聊天十分愉快，李芳期待再次畅谈。电影并不好看，漆黑的电影院只有几个观众，李芳随着剧情的推进小声说："这里不好看，那里也不好看。"男人点头，李芳又继续说："还是之前的老电影好看。"男人又点点头，轻轻嗯了一声。

中途，男人把爆米花递过去，顺便抓住了李芳的手。温热

166

的触感把李芳吓了一大跳，任由他握着，不敢动弹。她的手心出了一层汗，男人用指尖一点点抹干净，直到电影结束走回家，始终将两只手紧紧握着。

"再见。"到了家门口，李芳把手抽出来，不敢看他的眼睛。

"快进去吧。"男人说。

李芳进了屋，才发现大腿酸痛，顷刻软了下去。她灌下一杯凉水，平复了心跳，意识慢慢清醒。她不禁为刚才的顺从而惊诧，竟然由他这么牵着。她想起他的侧脸，皱纹在眼角蔓延，黑框眼镜，还有身上的机油味，一股热流涌向腹部，痉挛起来。她靠到墙上，接着想起暗无天日的青春期，始终穿一件褪色的黄色棉袄，胸部又胀又痛，不得不弯着腰，缩在角落里，羞耻感从未离开。李芳的鼻子一酸，眼泪打转，可想到男人温热的大手，又觉得十分温暖，便止住了眼泪。

直到朱丽回来，李芳才从沼泽般的幻想中挣脱，回到现实世界。朱丽一进门就叹了口气，把鞋子扔到一旁，躺到沙发上。李芳走过去，犹豫地看着她，想讲一讲今天的经历。但朱丽突然咬着牙说："男人没一个好东西。"便扑在抱枕上哭起来，像孩子一样抽泣。李芳忙问怎么回事。

"反正只要记住男人没一个好东西就对了。"朱丽愤愤地说，"像你这样远离男人是对的，我今后也要远离男人！"

李芳想起男人的手，看了朱丽一眼，抑住讲述的冲动。她只好附和了几句："是的，还是克制些好，克制些好，清心寡欲。"

熄灯后，李芳躺在床上辗转反侧，想着男人的手、眼镜、机油味。一股说不出的感觉控制了她，既不像上次那般轻松，也不像往日那般沉重，与两者之间悬浮着。睡着后，她做了一个梦，梦到男人的手落在她身体的各个部位，把她像烤肉一样翻来翻去，她想叫却叫不出来，热气积聚，快要爆发。她哀号着醒来了，一身湿汗。

这个梦持续伴随着她，如同男人持续约她出门。他们时不时在外面吃饭，有时是西餐，有时是火锅，吃过后李芳才想起犯了荤。她一个人去商场买了几件新衣服，抹上一层淡淡的粉底，依然不涂口红。在一起的时候，她对男人有说不完的话，男人的话却很少，除了附和她，就是一言不发地听着，微笑注视着她，这让她十分安心。男人送她回家，总会在楼梯间抱住她，把她堵在墙角吻她，她不回应，但也不拒绝，男人的舌头又长又湿，有股猕猴桃味。

李芳期待朱丽发现自己的变化，可她没有发现，自然也不会询问怎么回事。她沉浸在自己的世界，若有所思，沮丧的神情表明，她没有找到答案。李芳问她怎么回事，她不说，敷衍几句就过去了。可李芳早已在心中准备了一大堆话，关于男人，关于这些日子的遭遇，关于某些感受，但朱丽没有问，这些话就压在李芳心头，像一大团被水浸过的棉花，又沉又湿。

后来，男人带她去酒店，把她压在大床上，脱去她的衣服。粗重的呼吸响彻耳边，一刹那间，李芳听到一个凶巴巴的声音，很响，仿佛在进行喋喋不休的审判。她越听越害怕，推开他跑回了家。男人给她打电话，她不接，心头蒙着一层湿漉漉的雾气。左思右想，她抬头看到卧室里的佛像，才恍然大悟声音的来源。于是她立刻跪到地板上，颤抖地说："我忍住了，忍住了。"

她在战战兢兢的煎熬里过了几天，既不想和朱丽交谈，也不想去寺庙里听经，一想到嗡嗡的木鱼声，她的耳朵就开始耳鸣，又痒又痛。她想着从前的生活，吃素、跪拜、捉流浪猫，并把这些行为和永不回头的时间联系起来，一个年轻的女人坐在寺庙里，一个衰老的女人坐在寺庙里，一个年轻的女人坐在家里，一个衰老的女人坐在家里。她不知道哪个更令人痛心。

男人的电话依旧不停。

晚上，她闭着眼躺在床上，情不自禁想起男人的手和湿漉漉的嘴唇，梦中，她又忽然抵达了初次的轻松，与男人一起在海面漂来漂去，骨缝开花。她忍不住呻吟起来，这从未有过的声音让她意识到是在梦里，于是她醒来了，看到一小片月光投在壁龛上，慈眉善目的菩萨在那片月光里，温柔地注视着她。她侧过头，无穷无尽的黑暗涌来。不知为何，她想起了父亲，还有他那漫长的一生。接着男人的脸也出现了，李芳想象和他结了婚，有了两个孩子，住在一栋明亮的房子里，阳光落进来，到处都是欢声笑语。

"我要去找他。"她忽然大声说，"我得去找他，就是现在！"

她爬起来，膝盖磕在了床沿上，痛得她跳了起来。她有预感将会经历一场灾难，但她还是想试一试。她去卫生间洗澡，让水流作用在充满激情的身体上，吹头发，抹粉底，第一次涂上了鲜艳的口红，镜中的影子忽然像个女人了。她抚摸年轻起来的皮肤，颤抖得厉害，不得不哼歌，让自己努力平静下来。多么美妙的夜晚，她激动得快要哭出来了，在黑暗中穿衣服，想着男人看到她突然出现的表情。

"你在干什么？"朱丽走出卧室，惊讶地看着她。

"啊，是这样，我，我……我出去一趟。"李芳低下头，吞吞吐吐地说。她发现根本无法把之前准备好的大段话讲出来。

"是去寺庙吗，大半夜的，寺庙开门吗？"朱丽问，叹了口气，想了想又接着说，"要是你去寺庙的话，能带我去吗？我睡不着，一直睡不着，我的心太空了，太空了，你知道那种感觉吗……"说着说着，朱丽哭了起来。

◦ 年轻的母亲 ◦

一

手扶着方向盘，戴月美的两只乳房隐隐作痛。

她迟到了几分钟，平息了儿子带来的怒火，露出笑容。崔光和朱丽已在角落里等她了。崔光还穿着早上那身衣服，黑速干背心，黑速干短裤，黑运动鞋，胖胖的身躯显得笨重，脸上却挂着轻盈的笑，因这笑容，戴月美发现他年轻了许多，像个高中男孩。而朱丽呢，根本无法与印象中的她对应起来，她的肤色不黑，相反，是一种冷冷的白，依稀看到蓝色血管，也不瘦，宽宽的肩膀上挂着肉，眼睛倒是又大又圆，铺在干净的脸上，潮湿而温柔。戴月美觉得现在的朱丽有点像画上的观音菩萨。

"班长好。"朱丽笑嘻嘻地打招呼，让她坐到身边。

戴月美好久没听到这个称呼了，看了看四周，坐下说："朱丽好。好久不见了。"

空调在头顶呼呼作响，戴月美有点冷，提议换个地方，于是他们换到中间的六人桌，分开而坐。服务员拿着菜单，先递给崔光，崔光递给朱丽，朱丽又递给戴月美，说："还是班长来点吧。"戴月美没有推辞，她是这家火锅店的常客，清楚哪些菜品好吃，于是迅速点了几个菜，朱丽在旁边小声说够了够了，她笑了笑又加了几个，远远超过三人的量。

戴月美看着对面的恋人，难以想象高中已过去了八年，如果不是早上在公园跑步时碰到崔光，大概什么都想不起来了。她也差点把朱丽忘了，经崔光提醒才记起曾做过一段时间的同桌，接着她又想起不太喜欢这位女同桌，因为她的桌堂里总是

170

塞满垃圾。随后戴月美又知道了他们的恋情，从大学开始，直到现在，和毕业时间保持着相同的长度。

这顿饭，戴月美本不想来，一定很没意思吧。有什么可聊的呢？读书时因为是班长，不得不与其他同学维持着礼貌且疏远的关系。一毕业，她就把大部分人都忘了。在她看来，生活的规则就是这样，不可避免，她并不在意这些事。

可崔光邀请她一定来，说老同学碰面，多么值得庆贺啊。跑完步拉伸的时候，崔光一直在说话，配以憨厚的笑容，也许就是这个打动了她，才同意来赴约。不过，她觉得崔光的话题特别没意思，谁谁结婚了，谁谁生孩子了，谁谁留在哪里工作了。虽然她想插上几句，发表一下看法，可那些人的生活，结婚呀、生孩子呀、外遇呀，和她的生活有什么区别呢，无非就是这点事罢了。所以听他说完，戴月美嘴里发出"噫——"的长长音节，再反问一句，哦，是这样吗，然后就望向远处，不再说话了。

太普通了，这些人的生活都太普通了。戴月美想。如同她自己的生活一样。不过她又觉得自己的生活强一点，起码在生计问题上，她的同学们还在苦苦挣扎，而她差不多解决了。之所以说差不多，因为恰好处在一个尴尬的位置，市区的房子全款买不起，家里却有两辆几十万的车，吃喝不用看价钱，奢侈品还得考虑考虑。戴月美十分清楚，在这个小小的县城，她能够生活得很好，可去了大地方，就什么都算不上了。

"你们在一起这么多年了啊。"戴月美笑着打趣。

"是啊，正商量结婚呢。"崔光温柔地看向朱丽，洋溢着幸福之色，但幸福中又含着一丝阴影。"唉，只是，唉。"

"什么？"戴月美问，暗暗祈祷可别蹦出什么无聊的话题来。

"朱丽刚考上北大的研究生，成你校友了。"崔光看着戴月美说，"九月份就去上学了，结婚又得推迟。"

这才是劲爆消息，戴月美吃了一惊，开始回想这位女同桌高考考到了哪所学校，但她怎么也想不起来，只记得排在她前面的两个人都去了清华，后面的就不清楚了。

"恭喜呀。"戴月美的脑袋里出现未名湖的倒影，"你本科在哪里读来着？"

"中医学院。"朱丽不好意思地笑了笑，"就是个二本。"

"那很厉害了。"

"我考了四年才考上北大，一直在备考。"

"不是还上班了吗？"崔光笑了。

"是，边工作边备考。"朱丽羞涩起来。

"真厉害。"戴月美问，"什么专业呀？"

"文学。"

戴月美吃得心不在焉，一直偷偷瞥向朱丽的侧脸，话题几乎围着她转。崔光一边听一边对戴月美解释，朱丽几乎插不上嘴。没一会儿，戴月美就掌握了朱丽的全部信息：二本毕业，毕业了在民办高校教学、写小说，现在又跨专业考上了北大的研究生，计划与崔光结婚中。

戴月美看着朱丽腼腆的笑容，一股难以言喻的感觉困扰着她，令她的心跳得很快。为了抵消这感觉，她喝了一大杯冰汽水，直到胃里变得冰凉又沉甸甸的。吃完，戴月美去结账，朱丽跑过来，抢着要结，这时她才发现，朱丽竟和自己一样高了。

"你长个了呀。"

"嗯，大学又长了点。"

"一个班里最高的，一个班里第二高的。"崔光在身后说，"比男人都高，像两个巨人一样啊。"

戴月美不记得朱丽有这么高，在她看来，比她矮的人个子都差不多。最终崔光结了账，说好不容易考进尧溪的环保局了，就当庆祝一下。戴月美开车把他们分别送回了家，他们没有买车，在这样的时刻，倒也显得轻松。路上一片漆黑，到了九点就没什么人了，路灯只有几条主街才有。戴月美开了远光灯，照出一片坑坑洼洼的土路，树影在风中晃荡，像巨兽的爪子狠狠抓着地面。

　　她突然很想念儿子，到家后，她冲进儿子的房间，想好好抱抱他。母亲躺在一侧玩手机，闷闷地说了声："回来啦。"儿子已经睡着了，露出干净的门牙，嘴角挂着一丝口水。她盯着那张脸看了一会儿，心里想，妈妈不应该对你发脾气啊宝贝，原谅妈妈吧，就回到自己的房间睡着了。

二

　　早上五点，戴月美被吵醒了，睁开眼，看到儿子坐在地板上玩一个呆头呆脑的企鹅，一边挥动它的脚趾一边发出噗噗噗的尖叫。她头疼得厉害，对他喊："出去玩，找你姥姥去！"儿子被她的喊声吓哭了，母亲走进来，嘟囔了几声，把儿子抱出去，替她关上了门。屋内安静了，没有一丝光透进来，她重新闭上眼，大脑却像被冷水洗过，越来越清醒。

　　空气仿佛变成了液体，堵在鼻腔中，怎么也吸不进来。一种模模糊糊的沉闷冒了出来，轻轻刺着她。她翻了个身，不舒服，又翻了个身，还是不舒服，于是坐起来，靠在床头，捏了捏太阳穴。"再待在这里我会发疯的。"她突然想，这张床，这个家，这个县城，都这么死气沉沉的，一点意思都没有。

　　为了抵消这越来越多的沉闷，她决定去楼上的浴缸里泡个澡，于是下床，轻手轻脚走出卧室，儿子在客厅里玩玩具，没有看到她。她松了一口气，赶紧上了二楼。

还是二楼安静，平日里，儿子只在一楼活动。这栋复式住宅是丈夫买的，作为结婚的聘礼，还额外给了三十万的现金，在尧溪，这已经是非常大的排场了。因此，母亲对丈夫十分满意，父亲却有些不安，担心家境悬殊，戴月美以后受了委屈。

现在，丈夫爱上别的女人也好，或者因工作久不归家也好，和儿子相比，都变得不再重要。女人有了孩子之后，最重要的是孩子，她经常对自己说这句话，以便把注意力从沉闷的生活中转移。但她又控制不住对儿子发脾气，即使他才五岁。

生育之前，她不知道孩子意味着什么，当她站在北大宿舍的卫生间，看到验孕棒上的双线时，心想反正也不会太难，她的母亲、姥姥、太姥姥，不都是这么过来的吗？她立刻办了休学，搬到丈夫家，安静等孩子出生，直到她的身体有了反应，孕吐、髋骨疼、全身长满黑斑……更不用说生产时的痛了。不过，这些年过去，痛感已在记忆中褪去了。

儿子出生后，她回到北大继续上学，拿下毕业证的同年和丈夫结了婚。婚礼办得很是豪华，席间她听到别人对她的议论，说她爱慕虚荣，用孩子套牢男方。她只觉得可笑。婚后，丈夫去南方做生意了，每月飞回来，照顾孩子的事落到她和母亲身上，前几年请了保姆，这两年保姆有事，不再做了，儿子也上了幼儿园，丈夫就不再提找新保姆的事了。

前段时间，她找了个工作，小县城没什么工作机会，除了老师、医生和公务员外，都不正规，也不稳定。父亲说，只要她肯考，一定能考上公务员，但她实在不想再学习了，就去保险公司做了业务员。老板看到她的学历很吃惊，给了比其他员工更好的待遇，没几个月，她就辞职了，老板用加薪的条件挽留她，她没有接受。不是钱的问题，她解释，太单调了，无聊得受不了，还不如不上班。

她希望自己的生活有意思一点。当温暖的水漫过她的身体时，她闭上眼睛想，陪儿子也好，逛街也好，美容也好，旅游也好，为什么所有的事到最后都变得没意思了呢？

　　她想起朱丽那双充满活力的大眼睛，忽闪忽闪地，射出坚韧不拔的光芒——她马上也要去北大了，而且还写作。昨晚留下的惊涛骇浪在体内游荡，戴月美依然不敢相信，这位其貌不扬的女同桌会有如此成就。于是她起身，离开浴缸，拿出手机翻看朱丽的朋友圈：读书笔记、旅游照片、小说原文……一张张精致的或者说难以企及的生活片段展露在戴月美眼前，一丝不知是羡慕还是嫉妒的情绪占据了身体。

　　她擦干身子，听到儿子在楼下哭喊，一丝愧疚袭来。下楼，看到他紧紧趴在姥姥的肩膀上，手握成拳头抹眼睛。"妈妈抱，到妈妈这儿来。"她说着，双手打开，充满爱意地看着他。他哭着缩进她的怀里，小身体颤抖着，猫一样，热乎乎的眼泪滴到她的胸口。她顿时被温暖的感觉占据了，甚至想到，她可以为他去死。

　　"妈妈你陪我玩猫抓老鼠吧。"他不哭了，尖叫着，在沙发上跳来跳去。

　　"好啊。"她笑着扑过去，和儿子在房间里窜来窜去。

　　没多久，她觉得累了，便坐到床上喘气。儿子依旧在呼唤她。她打了个哈欠，勉强笑了笑，说："让姥姥陪你玩吧，妈妈累了，躺一会儿。"任凭儿子怎么喊，她就是不愿再把眼睛睁开。她想，如果他认为她睡着了，就会自己去玩，她甚至假装打呼噜，把身体平放在床上。渐渐地，世界安静了。

　　她睡了一个短短的回笼觉，醒来家中只剩下她一个人。她给母亲打电话，问什么时候回来，母亲说晚上，带孩子去了游乐场。戴月美下床，点开音乐，身体随之轻轻晃动。跳了一会儿，她觉得无聊了，就想做点有意思的事。可是做什么呢？似乎所有的乐趣都被她体验过，像影子一样飞走，不再有意思了。

这样想着，她便感到一层又一层不可消磨的时间正朝她涌来，隔着空气从四面八方挤压着内脏，捏不碎也赶不走，硬生生夹在周围。如果每天都充斥着这样的感觉，而人生又是这么漫长，如果……她不愿再想下去了。

她给崔光打电话，问他能否叫上朱丽一起去公园跑步。崔光说他早就喊过了，但朱丽讨厌运动，不愿意出门。挂完电话，戴月美想了想，发现跑步的确没什么意思，无非是一圈圈的机械动作，把身体搞得汗流浃背罢了。可不跑步，她做什么呢？

她只好去了公园，与崔光一起跑步，但这一次，轻快感完全没了，双腿仿佛灌了铅，迈不开，挥不动，还没到三公里，就气喘吁吁停下来了。她望着周围的树丛和杂草，奄奄一息低着头，似乎预示着一个可怕的未来。

"以后我不跑步了。"她对崔光说。

"发生什么了？"崔光不解。

"没什么。"她耸耸肩，"来我家吃烤肉吧，可以叫上朱丽，我们做些有意思的事。"

三

她去了家附近的小菜市场，买了一些腌制好的肉类和菌类蔬菜，到家时，崔光和朱丽也正好到了。崔光拎着一瓶威士忌和一桶可乐，朱丽捧着一束向日葵。

"看看花心情会变好。"朱丽说，"有花瓶吗，我来插花。"

"没有。"戴月美摇头。

"给我吧。"戴月美又说，"我先插到水杯里。"

她接过向日葵，剪掉根部，随意插进一个高筒杯里。很久之前，她在北大选过一门关于插花艺术的选修课，不过没去几次。一阵花香袭来，整个屋子都变得亮堂了。

"我们今天喝点酒吧，朱丽说威士忌兑可乐好喝。"崔光拧开酒瓶，把威士忌和可乐放到醒酒器里，晃了晃，又加了一些冰块。

"下次多准备点酒，我来调鸡尾酒。"朱丽笑着说，"玛格丽特、白俄罗斯、莫吉托，都行。"

"就你会，你个小酒鬼。"崔光笑了。

"在酒吧里学的啦。还可以用红酒煮雪梨，也不错，到了冬天喝一喝，暖身子。"

戴月美没有插话。在丈夫面前，她从来不喝酒，一是因为平时要开车，二是丈夫不允许她喝。丈夫说："酒吧里都是色狼，你长得又高又美，显眼，除非我带你去，不然可千万不要去啊。"那时她以为丈夫的干涉是出于对她的在乎，幸福地顺从了，包括她从来不穿高跟鞋，因为不想削弱丈夫的身高（他和她一样高），好显得他高大威猛。几乎所有人都有意无意透露出，女人太高了不好，傻大个一个，所以她有些驼背。

然而她有个秘密，去年夏天，她每周独自去市里的酒吧，有时一个人喝，有时加入陌生人的酒局。她会故意装得醉醺醺的，等待某个合乎心意的男人带她去酒店。她从不透露姓名，也不留联系方式，一夜过后，什么都不复存在。丈夫不在身边，她只是想找点乐子，仅此而已。这秘密曾带来危险，那是一个已婚男人，也是尧溪的，忽然缠上了她，想要离婚和她在一起。他堵在她家门口，给她的车装定位仪，打保险公司同事的电话，几乎所有偏执的事都做了。一开始她有些慌乱，很快冷静地给他妻子发了一封匿名邮件，终止了这段荒唐的婚外情。所幸丈夫从不知情。自那以后，她就不去酒吧了，生活中只剩下儿子和不在身边的丈夫。

她饶有兴致地看着朱丽，这个未来的北大校友拥有怎样的生活？朱丽几乎没怎么吃东西，喝了很多酒，直到脸颊绯红，走路摇摇晃晃，但眼神依然闪着光。崔光提出送她回家，她说不如今晚通宵，要玩就玩到尽兴。

"尧溪没有夜生活。"戴月美说。

"要不然明天我们拿着帐篷去凤凰山上露营吧，看看星星。"朱丽兴奋地说。

"可以呀，明天我去买个帐篷。"崔光说。

"我家有。"朱丽说，"是双人的，三个人可能有些挤。"

晚上，戴月美有些失眠，不知是不是喝了酒的原因。她有些期待明天的露营，只要有一件事情在前方等着，不把她留在漫无边际的白茫茫中，多少会得到点安慰。

四

露营之约没完成，因为丈夫回来了。他拎着行李箱，装满了带给她和儿子的礼物，每次回来都如此。也许因为不在身边，儿子更喜欢爸爸，一整天和爸爸黏在一起，但她看出丈夫已经疲惫。晚上，她与丈夫躺在床上，抱在一起说话，没有做爱。

每次看到丈夫的脸，她就想起丈夫爱过的其他女人，一层阴霾漫过来，想发通脾气。可每次丈夫不在，她又感到某种依恋，因为他关心她，为她提供了更好的生活。她小时候吃了太多苦，认识丈夫后才第一次出国旅游，随心所欲地吃喝，买衣服不看价格，抵达大学班上其他同学的起点。

"我最近的生意出了点问题，总赔钱，我爸的厂子也不景气，不想再给我投资了。"丈夫在她耳边说。

她立刻紧张起来，支起脑袋问："很严重吗？"

"没事，没事。"丈夫拍拍她的腰，"即使有事，我也不会短了你们娘俩。"

虽这样说，戴月美还是有些担心。她忍不住想，如果丈夫的生意彻底失败了，他们的生活会变成什么样，儿子的生活会变成什么样。这样的担心引得她的乳房又隐隐作痛。

她便去医院检查，左边查出一个瘤子，短短几天飞速生长。给出的治疗方案是，先开刀，取出来，再做切片判断恶性良性。恶性这个词把戴月美吓了一跳，但想到已为人母，又把眼泪憋了回去。丈夫不回南方了，联系好市里最好的医生，留下陪她动手术。

"如果是癌症怎么办？"

"切掉也好，化疗也好，都得治。再说了，乳腺癌是癌症里治愈率最高的。"丈夫安慰她，"你这么年轻，也不可能是恶性。"

戴月美在丈夫怀里流泪，暗暗猜测生病的原因，也许被家庭琐事负累，或者因为生育？怀孕的痛苦怎么可能对母亲没有影响？她细细回忆着，几乎无法动弹。但这样的想法又让她愧疚不已，儿子那么小，怎么能怪他，何况是自己的选择。

朱丽来看她，拎着她爱喝的椰子汁，还有一个香囊。"这是我拜托以前的同事去凤凰山上的寺庙里求的平安符。放心吧，肯定没问题。"

"等我出院，我们再去凤凰山上露营。"戴月美说。

崔光没有一起。问起来，才知道分了手。

"我只是不想结婚，"朱丽说，"还有很多事情没有做。"

"你想做什么？"

"写书，到处看一看，把世界上每一片土地都走完。"

"职业旅行家？"

"哈哈，做个流浪者好了。"朱丽打趣说，眼睛亮闪闪的。

过了一会儿，朱丽问戴月美：'你想做什么？"

"把孩子养大，再把他培养得像你一样优秀。"戴月美回答，"他要是不想高考也没事，把他送到国外去读大学。"

"你呢？那你想做什么？我记得高中的时候你说你想做超模。"

"肚子上留疤了。"

"谁说模特不能有疤？"

"没有那么自由的。"戴月美摇头。

"女人应该为了自己活着，不是为了丈夫或者孩子。"朱丽突然激动起来，"难道一个人成了妻子或者母亲，就不能做想做的事了吗？"

朱丽走后，戴月美躺在昏暗的病房，听到丈夫的呼噜声，突然想起在北大的日子。毕业后，她竭力避免想起那些时光，也不愿与舍友联系。也许不久我就死了，她想，此刻最应该做的是多陪儿子。可她一点都不想这么做，她只想做些无关紧要的事，比如一个人去旅行，或者到一个荒无人烟的地方吹风，脑袋里都是这样的画面。

晚上，她做了一个梦，梦到她真的得了癌症，医生劝她放弃治疗。听到这样的话，她反而如释重负，仿佛走向的不是死亡，而是重生。醒来后，她害怕梦境成真，因为她还有很多事情没有做。如果上天再给一次机会，她会随心所欲活一次，她发誓。

五

戴月美睁开眼，看到明黄的灯光洒满整个房间，映得墙面闪闪发亮，一种蒙昧的雾气般的氛围笼罩于此。很快，她感到一阵强烈的恶心，氧气面罩挂在脸上，想吐吐不出。先是母亲的脸凑过来，然后是丈夫抱着儿子凑过来。

"妈妈。"儿子清脆的声音。

戴月美想伸手抱他，但麻药没过，胳膊抬不起来。

"化验结果出来了，是良性的。"丈夫说，"过几天就能出院了。"

她轻轻点头，长舒了一口气。麻药过后，左胸口的伤口痛得厉害，但她坚持不用止痛泵，为了让伤口更快恢复。在这种剧烈的忍耐中，她反而获得了某种平静，这平静使她以为，好的生活就要开始了，她甚至对丈夫和儿子充满感激。

出院前一天，亲戚们拎着大大小小的礼品，挤满了病房。她半坐在床上，伤口好得差不多了。丈夫在人群中寒暄，表达感谢，说下次回来请大家到饭店聚聚。这些亲戚，戴月美没有认全。

"你看你命多好，老公这么疼，儿子还这么乖。"一位亲戚说。

"是啊，什么时候要二胎啊？"另一位亲戚说。

"嗯啊，趁年轻赶紧要，你妈还能帮你多带带。"又一位亲戚说。

"现在提倡生三胎呢，多要，反正给双筷子就能活。"

戴月美敷衍了几句，把脸别到一边，为什么不聊些有意思的话题？每天除了鸡毛蒜皮就是结婚生子，好像除了这些，世界上就没有其他东西了。她想起了朱丽，想起了北大，还有傻乎乎的超模梦。为什么我过着这样的生活，不是另外一种生活？如果我没有结婚，没有孩子，现在是否和朱丽一样，变成有趣的年轻人？

她觉得有些难以忍受了，空气逐渐黏稠，闷闷地堵在鼻腔，一动不动。她搜寻丈夫的身影，想喊他过来救场，却瞥见丈夫的手和一位女孩的手缠绵在一起，藏匿于一人身后，看起来，他们已相当熟悉。

一股血冲到脑门,她再次把脸别过去,想到几日前做的梦,以及醒来后的誓言。儿子在小沙发上玩黏土,时不时抬头望她一眼,这个角度之下,几乎和丈夫一模一样。她下床,推开人群走出去,穿过走廊,抵达院子里。她从包里找到了车钥匙,上面的水晶挂饰,是丈夫送给她的。

她想重新回到北京,在北大附近租个小房子,边工作边备考研究生。她就那样仰着头站在阳光下,直到汗水淌落。不知为何,她听到一阵遥远的钟声,非常远,却很清晰,轻柔地响在耳边。回头,却发现母亲站在身后,抱着小小的儿子。

"我知道你想出来透透气,但是这孩子,"母亲说,"他一直吵着找妈妈。"

戴月美的脸划过冰凉的轨迹,她回过神,深深吸了一口气,把儿子接过来,亲了亲额头。手臂用力时,左胸的伤口正隐隐作痛。

◎ **朱丽** ◎

一

去往北京的火车上,朱丽提前把到站后的路线记到备忘录上,坐几号线,中途在哪站换乘……但她不知道去哪里买票。她出生、读书、工作的地方都没有地铁。一想到即将开始的新生活,她的心中既愉悦又恐惧,情不自禁发起抖来,四肢的关节热乎乎的。她望向窗外,马上到站了,明亮的光线穿透隧道,照了进来。

得知她考上硕士后,同事们给她举行了欢送会,祝福她好好学习,将来在北京找到更好的工作,不要再回来了。她笑着说:"还是会回来的,小地方有小地方的好,物价不高,工作清闲。"但她心里想的却是不再回来了。

读大学时，朱丽就喜欢看各种各样的爱情小说，被里面的深情打动，常常哭得不能自已，和舍友聊起天来，"真爱"一词不离嘴。工作后，她不怎么看爱情小说了，注意力转到悬疑小说上，紧张刺激的情节使她的心怦怦直跳，度过了一个又一个无聊的夜晚。她常常幻想生活中发生一件离奇的案子，而她恰好卷进去，与案情产生千丝万缕的联系。

读得多了之后，朱丽便开始模仿喜欢的作家，看到某个新闻，就列在草稿纸上，增加一些夸张的情节，多是一些有头没尾的罪案小说，写着写着就写不下去了。她倒没有想过成为真正的作家，只是觉得作家的生活方式十分美好。幼年时父亲告诉她："作家呀，是世界上最好的职业了，每天喝喝咖啡码码字，钱就来了。"

朱丽向往美好的生活方式，脑袋里总出现一些画面：一间铺满地毯的房间、一张老式木桌、铺着白色羊毛垫子的铁架椅子、滴漏咖啡机、挂着名画复制品的墙……这些画面她只在电影中看到过，尧溪是肯定没有的。尧溪的城区只有一小片，高楼不多，商场也是老式的百货大楼，只有三层。出了城区就是种着玉米、小麦和果树的田地，她工作的学校就在田地与田地之间，大学生们苦中作乐，等杏子一熟，就跑去偷杏了。在这样一个地方，怎么会有品味高雅的人呢？

所以朱丽对北京充满想象。女艺术家一定都剃了光头，不穿内衣，身材瘦削，眼圈涂得黑黑的；男艺术家们留着长发，戴着鸭舌帽，双眼迷离，爱好音乐。他们每周聚会，抽着烟，拿着咖啡杯，坐在拥有明亮落地窗的工业风别墅里，探讨文学和艺术，时不时为某个观点争吵，很快又重归于好。他们一定不像尧溪的居民那般，聊邻居的八卦，或者为了几毛钱和商贩大声吵架，因为生气砸坏单元门的呼叫机。

到了学校，把行李放到宿舍，四人间，上床下桌，她的床位靠着窗，其他舍友还没到。她沿着狭窄的过道走来走去，轻轻哼着歌，踩在松掉的地板上，发出咯噔咯噔的声响。她读的专业是写作学，学习小说写作和评论写作。申请之前，她把有头没尾的罪案小说发到导师邮箱，没收到回音。复试时导师问她，想不想成为真正的作家，她回答是的，随后录取通知书顺利抵达她手里。

她把小说书稿放到抽屉里，期待读书期间在写作上能有进步，也期待可以过上真正的艺术家们的生活。她换了身衣服，出门散步。高楼林立，街道与街道之间被围得水泄不通，人和人挨得很近，她逛了几个商场，看到吊牌上的标价，吃了一惊，算了算手头的钱，放下走了。最后她站到天桥上，望着远处悄然升起的灯光，川流不息的车辆从桥底呼啸而过，喇叭声、说话声、音乐声一同涌来。她真想挥起胳膊大喊一声："北京我来啦！"但她把这种冲动压了下去。

学校生活和朱丽想象的不太一样，本以为会像大学时候，几个舍友成群结队，上厕所都要手拉着手。但她发现，其他三位舍友，两个其他专业，一个同专业，都喜欢独来独往，所以她也只能一个人。当她独自走在校园中，总有一种寂寥的感觉漫上心头，周围的繁华和热闹和她一点关系都没有，像一艘漂泊在海面上的船。只有上课的时候，同学们聚在一起，热烈地讨论文学作品，她的心才稍稍感到安宁，伴随着一阵初来北京时的激情。可惜课程比较少，大多数时间都是独处，完成导师布置的任务。

起初她待在宿舍，早上睡懒觉，中午吃点零食，下午看书。但她的注意力并不集中，看着看着就想别的事去了，也觉得腰酸背痛，没一会儿就躺到床上休息，睡一觉，醒来天就黑了。睡不着的时候，书读不进去，小说也写不进去，只能闭着眼睛苦熬，这种感觉令她无所适从。后来她决定像舍友一样去图书馆看书，做了详细的计划，这个钟头看书，下个钟头背英语，下下个钟头写作。做计划时，血液涌向大脑，汹涌澎湃。图书馆安静肃穆的氛围的确让她的心静了下来，她在书架前走来走去，俄国文学、德语文学、美国文学……因为书太多，她不知道看哪本，便抱出一堆书，摆到桌子上，这本看几页，那本看几页。虽然每本都没有看完，但她觉得这一天没有荒废，升起淡淡的满足。

"学校里我最喜欢的就是图书馆，以后我要天天泡馆。"朱丽对舍友说。

过了几天，朱丽和同在北京的大学同学娜姐相聚，她们在北京的街道闲逛，聊以前的生活和同窗们的发展，感慨毕业都已经四年多了，时间过得真快。有人陪着，又喝了酒，她的心上突然起了一层奇妙的情感，仿佛很快就能征服脚下这片土地，过上想象中的生活了。朱丽热切地谈起未来，娜姐也被她的情绪感染，发表了一通自己的见解，最后两人在地铁站分别，咯咯笑着挥手再见。

地铁上，朱丽望着一个个人头，觉得头晕目眩。回到宿舍已是深夜，把宿管阿姨喊起来开门，没有洗漱就爬到床上睡下了。她做了很多梦，模模糊糊的，一会儿在荒野上奔跑，一会儿又在高楼大厦里来回穿梭。

第二天醒来已过了中午，她随便吃了点零食，头痛得厉害，身体乏力，又躺回床上睡下了。到了晚上，头依然胀胀的，于是就没有去图书馆；第三天也没有去，和舍友出去逛街了；第四天要上课，上完课脖子酸痛，又回宿舍休息……直到过了一周，她才重新回到图书馆。但她的心不像之前那般安宁了，反复想着校园之外的欢乐，美食、啤酒、豪言壮语……可眼下却是枯燥的文本和写不下去的小说。虽然她知道有些苦必须忍受，但她不想在此时此刻忍受。

她收拾书包出了图书馆，在校园里漫无目的地走来走去，看到纪念品商店，走进去买了几件印有校徽的文化衫，想着可以寄回尧溪的父母手中，让他们高兴高兴，也可以在亲戚间炫耀一番。虽然她在尧溪时选择租房住，和父母保持着恰到好处的距离，但他们想让她毕业回尧溪，留在他们身边并找个靠谱的男人结婚。一听到结婚这个词，她就浑身不自在。"为什么要结婚呢？"她反驳他们，"我可是要当作家的人，和普通人能一样吗，何况我还要去看世界呢。"说这话时，她看到父母脸上惊诧的神色，不免有些得意，觉得自己的将来有无数可能。

偶然，朱丽在网上看到附近的书店计划做一个读书会活动，免费参加，介绍一位作家的新书。她没听过这个作家的名字，但她打算去看看，反正不想再去图书馆了。她认真化了妆，背着书包出了门，慢悠悠走过去。书店在商场的负一层，找了很久才找到，一进门就看到新书的介绍牌，一摞书摆在桌上。时间还早，她不好意思问工作人员，就在店里转来转去，假装看书打发时间。座位已经摆好了，人们也陆陆续续走进来，她混在人群中，挑了个并不显眼的位置。嘉宾们上台，她观察那位作家，平头，戴眼镜，皮肤黑，肚子鼓鼓的，和想象中不太一样。

过程中，她昏昏欲睡，读者提问时，她旁边的女生站起来，笑着与台上的作家打招呼，先是赞扬一番，然后提出一个古怪的问题，作家也笑了，说道："小周提的问题确实深刻……"原来是认识的人。朱丽好奇地望过去，发现那个女生在本子上

186

记了密密麻麻的笔记，好像还有几篇小说构思。她忍不住问："你好，你也是作家吗？"

女生抬起头，先是干笑一声，说："算是吧，写了没几年，出过一本书，平时就是发发文学杂志。"

"好厉害。"朱丽惊讶地打探，"你多大了？这么小就成作家了。"

"二十五了。"女生说。

"和我一样。"朱丽不好意思地说，"我能留你一个微信吗？我有时候也写写小说。"

她们加上了微信，女生的头像是大卫的雕塑，回去后，朱丽也把头像换成了凡·高的画，看起来顺眼多了。女生没有主动和她聊天，她也没有主动说话，但她心里一直想着这件事，用一个独特的开场白，或者什么事情来吸引女生的注意。最终她还是决定实话实说："小周老师好，我平时也写写东西，但是没有写完过，也没有发表过，我对作家们都特别好奇，要是北京有什么作家们的活动或者聚会，可以喊我一起去吗？"并配了一个微笑的表情。

小周回复："好呀好呀，有空一起玩。"

但是朱丽没有等到小周的邀请，一学期很快过去了。结课的时候，导师带大家吃饭，请来了一个杂志社的编辑。自然是每位同学都加上了微信，编辑客气地找大家约稿。朱丽没有完整的小说，但她受到了鼓舞，打算写一个短篇投过去。她不知道写什么，厚厚的经典名著读不进去，无法获取灵感。于是她浏览新闻，想找到某个离奇又苦情的案子，一无所获。

一个晚上，朱丽在朋友圈看到小周新发表的小说，故事并不新奇，讲两个女孩的友谊，但是语言清新，叙述也淡淡的。朱丽心想，原来小说可以这样写，不必追求多么宏大的主题。

她决定用此方法试试，写一个少女的暗恋往事，于是故事开始了："这样一个雨夜，没有什么比女孩的心情更糟糕……"越写越兴奋，停不下来，用一晚上的时间写完了八千三百字的短篇。停笔后，她的兴奋感依旧没有褪去。

两个月后，小说发表了，并被某个知名选刊转载了一次。趁着这股热乎劲，她又写了两个短篇，情节与第一篇类似，也顺利发了出来。班里的同学都很羡慕她。这是个好的开始，朱丽感到一扇高大的门正冲她缓缓打开，上学期经历过的空虚感彻底消失了，她整天想着小说构思，吃饭时想，走在路上时想，睡觉前也想。

不久之后，朱丽被杂志社邀请参加一个为期三天的活动，召集了在北京的大部分文学青年，小周也在。他们和朱丽的岁数差不多，但开始写作的时间都比朱丽早，发表的作品也更多。在他们面前，朱丽十分紧张，一句话都不说，默默坐着听他们聊天。小周认出了她，笑着同她打招呼，转头又和别人聊天去了。

我得多补补课了，朱丽想，多读些书，多写点小说。

她觉得这些同龄作家们厉害极了，活动结束，她怀着一种近似崇拜的心情加上了所有人的微信，把他们提到过的作家名字记在本子上：阿特伍德、麦卡锡、托宾、瓦尔泽……对朱丽来说，走进那扇高大的门需要迈上这些台阶。她把能买到的书都买了，摆在宿舍里，仔细研读起来。她并不知道这些书好在哪里，就像她从前读经典名著也不知道好在哪里一样，但她还是强迫自己读下去，一本又一本，虽然记住的东西很少。

其中一位男作家对朱丽产生了兴趣，或者说，朱丽也对他产生了兴趣，只不过两人感兴趣的点不一样。朱丽算不上美人，但四肢纤长，稍微打扮下就显得耐看；男作家相貌平平，出过三本书，一本还获了奖，虽然朱丽一本都没有读过。说不上是谁先主动的，反正聊着聊着就暧昧起来了，但男作家希望这份关系可以偷偷进行。他在三环与四环之间租房，房间很小，桌子上、阳台上、地上，到处都堆满了书，朱丽把门反锁，在逼仄的空间洗澡，套着男作家的衬衣走来走去。

"我还没有和搞写作的人睡过觉。"朱丽对男作家说。

"我也没有。"男作家说。

后来朱丽才知道，男作家说的是假话，不过那已经不重要了。他几乎每天带朱丽参加朋友们的聚会，通常是四五个作家，小周也在，吃吃饭，或者去酒吧喝酒。在这样的小型聚会中，朱丽也一言不发，安静地听他们聊。有人跟她搭话时，她也只是笑一笑，表示赞同。他们很少说关于文学的话题，多半是生活中的事。朱丽觉得那些事很有意思，经作家们的嘴巴一加工，无聊也变得有趣了。

第二次聚会时，朱丽跟小周学会了抽烟，把烟夹在两指之间，做出陶醉的神色。小周抽的是韩国的爱喜，朱丽也买了爱喜，放在包里，平日不抽，只在聚会时带着。她觉得自己越来越像个"作家"了。

但是也有烦恼。比如，朱丽羡慕小周在饭桌上谈笑风生，不管谁的话题、什么话题，都能接下去。小周是中文系出身，读过很多书，不光能写小说，还懂文学理论。朱丽大学读的机械自动化，没什么文学素养，写作也是偶然为之。另外，小周长得美，身材娇小丰满，比朱丽的人高马大强多了。

"你觉得小周怎么样？"朱丽躺在男作家怀里问。

"她是万人迷嘛，大家都喜欢她。"

朱丽有些不高兴，又问："那你觉得她的小说怎么样？"

"也挺好的。"

"我写得好还是她写得好？"

"都好都好。"男作家赶紧说。

她告诉自己，必须在小周发表过的杂志发表小说。这种暗地里的较劲激起了朱丽的斗志。她不再跟着男作家去聚会，打算留出时间写作，可坐一晚上也写不出几个字，即使看小周的小说也没有出现灵感。她只好拿下书架上男作家的书翻看起来，虽然这些时日一直同他一起，但朱丽从未读完他的小说，她耐着性子往下读，惊讶地发现他的叙述十分新鲜，故事也极有新意。

她忍不住对着男作家哭了出来："怎么回事，你写得这么好，才华为什么不能通过性传播呢？我一个字都写不出来。"

男作家听到她的话，哈哈大笑，随后安慰了她几句，态度有些敷衍。睡梦中，她感觉自己缩在一个冰冷冷的山洞里，浑身酸痛。她怀疑自己再也写不出小说了，甚至觉得是老天的惩罚，因为她所做的一切是为了超越小周，而不是出于对写作本身的热爱。多么可怕！小周有没有看透她真正的想法？

她对男作家的情感也产生了变化，从前她发自内心地欣赏他，渐渐地，这种欣赏变了味。每次他有好消息传来，不管是一笔不菲的稿费，还是拿了文学奖，或者发了重要期刊，朱丽都觉得心口堵得难受，什么都做不下去，只能挂着无奈的笑容表示祝贺，或者发莫名其妙的脾气。她不明白自己的心胸为何如此狭隘。可为什么她写不出一鸣惊人的小说呢？这种失落让她不知怎么办才好。

最终，她和男作家分了手，搬出那间堆满书的卧室，回到学校宿舍。她并不伤心，相反地，她感到解脱，反正他长得不好看，朱丽想，床上功夫也不怎么样。也许男作家也是这么想的。这段关系没人知道，也就不会来有人安慰她，说些乱七八糟的话。虽然不再和男作家联系，但朱丽还会关注他的新作，很快，他又出了一本长篇，是国内最大的出版社出的，卖了几万册，还登上了畅销书榜单。她看到他举办各种讲座和新书发布会，明白他已远远走在同龄人前面。这么一想，她反而不再因嫉妒而胸闷气短了。

学校生活恢复如前，空闲时间多了，没人陪她，便又嗅到了一丝空虚的气息。偶尔娜姐喊她吃饭，朱丽应允，像之前一样喝点小酒。娜姐一直称赞她越来越厉害，竟然能够发表小说了。虽然朱丽明白这种赞美是不了解的人才会说的，但她还是很开心。

自然，朱丽怀念和作家朋友们的聚会，虽然她不发表任何看法，只在一旁抽烟，但这种沉默的在场让她觉得自己依然处在写作圈子的中心（如果真有写作圈子的话），她也希望其他写作者把她当作一个核心人物（如果真有核心人物的话），在朱丽看来，小周就是这样一个人物。但是和男作家分手后，没人喊她去聚会了，小周倒是叫过一次，因为身体不适没有去，后来就不再喊她了。看到其他几位作家发的状态，喝完酒后脸蛋红扑扑的，勾肩搭背，露出坚不可摧的笑容，她总是想："为什么没有我呢？"于是又有些胸闷气短。

男作家也退出了聚会，大概因为书卖得好，太忙了。这多多少少给了她一丝备受冷落的安慰。朱丽决定多读些书，趁着时间充裕，但不能像一开始那样漫无目的。她决定偷偷循着小周和男作家的足迹，把他们读过的书都读一遍。小周读的多是女性主义小说，男作家读的多是朱丽没有听过的德语作家。起初，这些书都很枯燥，但朱丽强迫自己忍耐，读着读着就有了趣味。随后她惊讶地发现，男作家的语言风格和一位不知名德语作家的风格极其相似，而小周的情节也和部分女性主义小说的情节重合。原来都是踩在前人的脚印上，她无奈地想，如果没有前人的写作，他们的写作会成为什么样子呢？

读书之后，写作的灵感涌了出来。她马不停蹄写了一个又一个短篇，拿给导师看，听导师的看法。她的导师是非虚构的领军人物，为人和善，提出了很多修改建议，有的她听不懂，也不知道如何在作品中实现，便追着导师询问。这种劲头使她逐渐沉迷，更加希望弄懂写作的奥秘。

"你要关注人物，以及人物的内心。而不是那些猎奇的情节。你看看契诃夫，基本没什么故事，还是完成了一个又一个人物。"

"你所有的细节应该都是有效的，要为了整体服务，而不是随手拿一个堆在那里。"

"结构应该是小说内部的动力，形式是一种叙述的体现。"

……

朱丽把导师的建议一条条记到本子上，仔细揣摩，配合着契诃夫的小说逐条分析。契诃夫的小说有什么意思呢？她跳着读，寻找其中有意思的情节，然而没有凶杀，没有神秘力量，没有高潮，有的只是最最普通的日常生活。小说可以这样写吗？朱丽困惑地睁大眼，继续读下去，体会着一个又一个小人物的处境，身子却不由自主地颤抖起来。

"这是好小说，多么妙啊，妙啊！"她忍不住想。

她翻来覆去读契诃夫的小说，因为其他作家的短篇忽然读不进去了，不是这里差点意思，就是那里差点意思。契诃夫是全世界最好的作家，她想，后来的作家也没人能超越他，而是走上了一条更简单的路。她决定毕业论文写契诃夫，把对他为之战栗、疯狂、热爱的感受写出来。她也模仿契诃夫写了几篇小说，写得很快，过程也很享受，但没有投出去，默默放在文档中，时不时看一眼。对朱丽来说，发表成了一件不再重要的事，最起码跟写作本身比起来不再重要。

"你觉得契诃夫的小说怎么样？"上课的时候，她和班里的每个同学都提起契诃夫，想要讨论讨论。

但是没有人回应她，简单说两句就过去了。他们喜欢的更多是当代的作家。朱丽想，他们一定没读懂契诃夫，如果读懂了的话，怎么可能不被打动呢？

这更加坚定了她走契诃夫的道路，写契诃夫式小说的决心。她列了一个创作计划，十二个短篇，分别以十二个人物为主角，每篇和每篇的人物彼此联系。她开始观察身边的人，把他们的特征记下来，以备不时之需。这个计划令她兴奋得睡不着，可就连失眠都是香甜的。睡不着的时候，她忍不住幻想："我要学俄语，毕业就到俄罗斯去，生活在契诃夫生活的地方，也用俄语写作。"她的脑中出现了俄罗斯广袤的土地，冰冷冷的雪落在人们头上，雪橇车驶过去，像油画中的场景。

朱丽就这样忙碌地过了一阵子，生活规律，素面朝天，小说计划一点点进行。学期快结束时，有个吃过饭的作家朋友邀请她来参加生日聚会，吃吃饭，再去唱唱歌。她不太想去，但她几乎没拒绝过别人，于是她化了妆，带着烟出了门。坐一坐就回来了，她想，毕竟也跟大家好久不见了。一共有十个人，都是写作的，在一家广式餐厅，除了男作家外，之前的朋友都在。小周坐在她对面，没有和她搭话，拿着烟侧头与旁边的男诗人聊天。和之前一样，朱丽一言不发，夹了口菜，嚼了很多下才咽下去，筷子起起落落，不知该伸向哪里。朱丽觉得自己像个陪衬人。倾听倒没什么不好，可是他们都聊些什么呀，做饭技巧、圈内八卦、职称评审、老婆孩子热炕头……没有一个和文学有关。朱丽越听越不对劲，茫然地看着兴奋的脸孔，枯燥的话语像散在空中的飞虫，嗡嗡地扑向她的耳朵，令她坐立难安。她不禁怀疑是不是在做梦，那些使她惊叹的有趣话题都去哪儿了呢，她曾怀着崇拜又胆怯的心情坐在他们周围，觉得他们处在高大的门内，而她是隔绝在外的那一个。而现在，这些话题和尧溪居民的话题有什么不同，这些生活又和尧溪的生活有什么不同呢？她的鼻头忽然酸酸的，又不安，又羞愧，还夹杂着轻微的厌倦。

"你最近写小说了吗？"她问旁边的人。

"嗨，没写没写，太忙了，哪儿有空啊！"那人看了她一眼，笑了笑。

她期待他反问她的写作情况，那样她就可以说一说最近的感悟，但是他没有问，又站起来敬酒了。

朱丽无奈地停在那里，夹了一口菜。寿星过来找她敬酒，她喝了一口，觉得又辣又苦，便偷偷吐到卫生间。烟放在包里，始终没有拿出来，她发现她也无法忍受烟味了。

"你觉得契诃夫的小说怎么样？"旁边的人回来后，她又追着问。

"他呀，我看得少……我觉得有点过时了。"那人说。

"啊，哪里过时？"

"技巧啊，什么的。"

"什么是技巧呢？"朱丽困惑地问。她的确不理解技巧是什么，似乎每个写作的人都在谈技巧。

"技巧就是创新嘛，这个说不明白的，在具体作品中才能体会到。"

"什么，你们竟然在聊技巧？吃饭的时候竟然还在聊技巧！"旁边的人听到了他们的对话，笑着大声喊，声音有些醉了。这一声喊得屋内安静了，大家都停下来，怔怔地望着他们，随后笑起来，熙熙攘攘打趣道："哎哟，在聊小说。"

"随便聊一聊。"朱丽顿觉脸开始发烫。

"太用功了吧。"

"我是不太喜欢聊创作的,写作终究还是自己的事嘛。"小周说,"朋友们在一起聊点开心的事嘛。"

吃完饭之后,朱丽没有跟他们去唱歌,选择了回学校。从地铁上下来,沿着寂静的小路走回宿舍,月光的影子隐匿在路灯之下,远处花花绿绿的灯火恍然之间不再真实,也不再美丽。朱丽的心沉甸甸的,她感到北京正迅速褪成一块光光的白板,脚下的地面摇摇晃晃。时间在往前走,而这一切、街道、聚会、小说、作家,所有的一切都会不复存在。她不清楚这种悲伤的心绪从何而来,但她突然有些想念尧溪。

二

朱丽下了火车,提着行李箱走出站台。熟悉的干燥空气令她的鼻腔有些痒,隔着栅栏望出去,光秃秃的褐色田野绵延无尽,烟灰色天空像熨过后的衣角,伸手可及。三三两两的学生结伴从她身边走过,重逢使他们的声音又大又亮,各自分享着假期看到的趣闻。她沿着电梯缓缓下降,不知道这样的心情是否会落到她身上。

拦了辆出租车,和三年前一样,司机不接受打表,而是规定好的二十元,没有讨价还价的余地。朱丽说了地址,低下头,感受心脏的跳动。她忍不住想,离开意味着什么,回来又意味着什么。熟悉的街景一划而过,店铺虽然换了,但朱丽可以轻易说出这一家原来是卖什么的。

到了小区,房东已在门口等她了,笑吟吟地对她说:"回来了呀?挺好,都是老朋友了,不用多说了。"房租没有涨,原来的房间里多了一个衣柜,其他保持原状。房东又说:"自从李芳走后,这房子没租给别人,一直空着。"

房东把钥匙留给她就走了。她放下行李，在这套两室一厅的房子里转了几圈。那时李芳住在另一个卧室，她想着李芳光光的额头和洁净的牙齿，合租的记忆涌现，仿佛是昨天的事。现在李芳跟着男友回了山东老家，结婚生子了。而她呢，她很难设想自己再次离开尧溪，也很难设想自己像大多数人那样生活。

她坐在了行李箱上。

等了一会儿，她站起来，开始收拾屋子。对于家务，她向来不在行，事实上她没有什么在行的事，这种挫败感总是萦绕在她身边。她把卧室打扫干净，把行李箱里为数不多的几件衣服摆到柜子里，在空气中喷了喷香水。然后她洗了个澡，躺在空空的大床上，望着窗外深蓝色的天空和高楼的一角。书架上摆着她新出的书，这本小说集是她硕士生活的全部总结，她庆幸没有被出版社拒绝。

"你现在是个作家了。"毕业时导师对她说，"以后也要坚持写下去。"

她想她会这样做，按着已经计划好的方向往前走。朱丽睡了一会儿，醒来时天黑了，有三个未接来电，都是同事打来的。她猛然想起还在北京的时候就约好了，今晚一起吃饭，庆祝她荣归故里。于是急匆匆穿上衣服，没有化妆就出了门。

离开尧溪之前，这家火锅店就是同事们常来聚餐的地方，绿色调，墙上贴着密密麻麻的街道名称，看上去有些市井氛围，也便宜，学生们偶尔也来吃。现在依旧红火，一层已坐满了人，热气氤氲得睁不开眼，直直扑到衣服上。朱丽上了二楼，看到熟悉的调料台，那位美丽的服务员站在那儿，和三年前的场景一模一样。她打了个招呼，小跑着奔向同事们，不好意思地说："对不起，我来晚了。"

朱丽坐下来，笑着打量着他们，三年过去，大家的面貌都没什么变化，其中一位男同事还穿着那件深蓝色汗衫。她一下子回忆起从前上班的日子：工作证用红绳穿起来，挂在脖子上，拿着文件包走进教室去上课，学生们抬起头看她，让她有些紧张，她不得不用冷笑话来调节气氛。她还想起监考英语四六级的时候，在黑板上写下长长的考试规则，把名字签在右下方。旧的生活即将开始了。

　　"来来来，大家喝一个，这次主要是欢迎小朱回来！"领导举杯，大家也举起杯，朱丽一口把杯子里的白酒喝完了。

　　朱丽吃得很自在，比从前的任何一次聚会都自在。她发现同事们都很亲切、可爱，就连之前瞧不上的一个极为精明的同事，今天也显得格外好看。她喝了不少酒，脑袋晕晕乎乎，和同事们勾肩搭背，聊起快乐的往事和即将开始的教学工作。她的心脏漫上一层温暖的感觉，从前她从没想过故乡的意义，但现在她突然想到这个词，想到也许这就是故乡的魅力。

　　"李芳走了，你回来了，挺好！挺好！"一位同事大声说，"咱们部门的教学队伍壮大了。"

　　"挺好，挺好。"朱丽笑着说，"尧溪挺好的。"

　　"怎么不留在北京啊？"另一个同事问，"我还以为你不会回来了。"

　　"在哪儿都一样。"朱丽说。她的确是这么想的。

　　北京的记忆正模糊起来，虽然她早上才从北京火车站坐上回来的火车，看到两侧的景色快速驶过。硕士生活结束了，一段无法形容的岁月。朱丽想起宿舍窄窄的床，还有摆在桌子上的《契诃夫全集》，书角都被翻烂了。毕业之前，有家图书公司希望朱丽去上班，她没有去。说不出为什么，她觉得北京很好，但却不想留下，仿佛心里蒙着一层厚厚的熔浆，遮蔽了她的渴望。她觉得自己变了很多，又说不出哪里变了，是青春流逝了吗，还是她失去了曾经的活力？她不清楚。唯一确定的是，她觉得尧溪和身边的同事们愈发可爱了。

可是不知怎么了，当她听到那位精明的同事说起婆媳关系，说起孩子，说起讲师职称，说起菜价，一丝厌恶又冒了出来，像一根小小的刺，磨得心口下边麻麻的。她赶紧又喝了些酒，希望更愉快一些。

第二天，朱丽起了个大早，把讲课用的教案和课件做好，又细细修改了一遍。第一堂课，她不想出差错，虽然从前总是上到一半就疲惫不堪，但她决定从此刻开始做一个严谨的、深受学生喜爱的老师，毕竟她有了硕士学位，在专业上更加游刃有余。

收拾妥当后，她化了妆，换衣服出了门。风干燥地吹过来，裙角紧紧贴在腿上，她不得不眯着眼往前走。公交车上只有几个人，到了学校，她穿过人工湖，瞥见那几只依然充满活力的大白鹅，优雅地在湖面上游走。她停下来看了一会儿，握紧了手中的文件包。

到了教室，打开多媒体设备，学习委员走上讲台把学生名单交给了她，她温柔地笑了笑，有些紧张。学生们陆陆续续进来了，从最后一排往前坐，第一排的学生寥寥无几。朱丽闻到一股难闻的气味，她打开课件，清了清嗓子，朝同学们问好。

一开始的效果不错，因为新鲜，学生们齐刷刷抬头看她，看到她的学历后发出惊叹声。但是进行到一半，学生们就疲惫了，纷纷低下头，玩手机的玩手机，睡觉的睡觉。她有些无奈，但心情不至于很坏。讲着讲着，麦克风出了问题，发出极其刺耳的杂音，她不得不关掉，给维修处打了电话，清讲起来。

她感受着嗓子震颤引起的口干舌燥，又看到无精打采的学生和墙皮掉落的教室，突然一股火气涌上来。窗外是黄蒙蒙的风沙天。这什么学生质量，她想，连基本的听课都做不到。于是她想起在北京的时候，导师讲课，他们坐在台下从不分神，讨论也是全情投入，继而又想起各种各样的读书活动、安静肃穆的图书馆、狭窄的宿舍、与男作家的夜晚……

"我为什么要回来呢？"她的手僵在空中。

可是这才是上班的第一天。她关掉课件，让学生们做练习，喝了口水，等待维修处的人来更换麦克风。很快，讲台下响起了窃窃私语，几个男生女生不知聊着什么开心的事。朱丽走过去，把其中一个男生叫起来，让他分享一下刚才做的练习。

"老师，我写的是隐私，不适合分享。"

"你到底写没写？"朱丽克制着。

"写了，但这是我的隐私。"男生说。

"那我们匿名吧，你们几个，把本子都交上来，我来给大家分享。这样就不知道是谁写的了。"朱丽把那几个学生的本子收上来，读了读，又还给他们了。

他们写得一塌糊涂，朱丽想。他们毕了业会做什么呢？没有好的学历，也没有感兴趣的事，日子就这样一天天过去了。想到这些，她不再生气了，而是为他们的未来担忧。

一整天，她都十分低落，不知该如何缓解这些糟糕的情绪。李芳走了，房子里只有她一个人，也没有办法像之前一样发发牢骚，获得安慰。在尧溪，她只能和读书、写作为伴，这是她早就清楚的事。

回到家后，她踢掉鞋，没有开灯，躺到床上，一格一格的灯光闪烁着，似乎另一栋楼的家家户户都充满了欢乐的氛围，把屋内的黑暗驱散到看不到的地方。她这样躺了好久，望着空荡荡的房间，忽然头皮发麻，一阵钝重的难以形容的沮丧敲击着她。她流出一滴泪，赶快擦去了，闭上眼，小声哼哼着："回来是正确的选择，在这里我可以更好地写作。"

朱丽只好翻开契诃夫的小说，逐字逐句读起来，虽然这些内容她读了很多遍，但每次读的时候，都会有不一样的感受。不过这一次，她没有新的感受，反而觉得有些沉闷。怪事，她呢喃，拿出自己的新书，读了一篇，觉得糟糕极了，便扔到了一边。

朱丽有些想念李芳了。从前合租的时候，李芳对她总是很纵容，不用做饭，也不用打扫卫生，生活就被安排得井井有条。最重要的是，李芳可以听她说任何话，即使那些话显得不合时宜。

她怀着难以忍受的心情给学生上课，只要教学设备一出问题，学生们稍有走神，她就会想起在北京的日子。北京的繁华和她没有关系，但是尧溪的荒凉却和她有关。她的年纪越来越大了，曾经的同学都结了婚，有了孩子，回爸妈家时，亲戚们想给她介绍男友，都被她拒绝了。可妈妈总因此抹眼泪，有一次还找到她租的房子，让她赶紧去见个刚刚博士毕业、在土地局上班的男人。

"我还得写作呢。"她对妈妈说，觉得这一切十分荒诞。

"难道结婚了就不能写作了吗？"

"我还没安定下来，不想这么快结婚。"

"你还想去哪儿啊，硕士也读了，年纪也不小了，该结婚了。"妈妈的眼泪又掉下来，"你当时真应该和小崔结婚，多好的人啊。现在人家也结婚了。"

她在心里翻白眼，想对妈妈大喊大叫，可又喊不出来，只能坐在电脑前苦闷地打字，搜索关于"父母皆祸害"的帖子，看到别人的父母更过分，倒显得她的父母没那么过分了。

她联系从前有过露水情缘的男人，惊讶地发现，单身的已经结了婚，结了婚的已经有了孩子，有了孩子的正在协议离婚。短短三年时间，发生了这么多变化，生活实在是难以预料。可只要一想起窗外黄蒙蒙的天气和墙皮脱落的教室，她就心口发堵，觉得他们也十分可怜了，可怜之下，自然也失去了兴趣。

　　她也想到了远在北京的男作家，那些共同生活在出租屋的画面时不时跳出来，轻轻刺她一下。她想，他才是最适合自己的人，便给他发消息，问他过得怎么样。他过了很久才回："挺好的，你怎么样？是离开北京了吗？"

　　"是的，我离开了。"她回复，"可能不久也得回去。"

　　"我也打算离开北京啦。"

　　"为什么？"她很惊讶。

　　"有点累了，歇一阵。"他发了一个笑脸。

　　不知为何，她觉得这些对话有些无聊，就不再回复了。看他的新书，也觉得字里行间十分无聊。苦闷的时候，她写了很多小说，写得很快，到结尾处就变得仓促，觉得没意思了，于是就丢在文档里，看也不看一眼。反正可以继续读契诃夫的小说嘛，只要读书，就不算虚度时间。

　　没过多久，朱丽突然收到领导的消息，让她写一份情况说明，因为有个学生去教务处举报她侵犯学生隐私。这个无端的举报令她百思不得其解，跑到教务处问是哪位学生，教务处没有说出名字，只说就是这几天举报的。

　　工作这么多年，朱丽第一次被举报，还是以这样荒唐的名义。随后她想起也许是那位上课窃窃私语的男生，她便更愤怒了。

　　但她没有找那位男生谈话，也没有做出什么行动。情况说明本不打算写，因为她觉得自己并没有错，同事们劝她，还是写个吧，就是走个形式嘛，别把事情闹大了。朱丽心想，大不了就被开除，正好可以离开这里，再也不回来了。但她还是写了一份五百字的情况说明，交给了校领导。

用"创伤"来定义可能过于矫情，但朱丽的确体会到了某种冷峻的失望，她觉得恶心，关于举报这种行为，关于进行举报的学生们。自然而然，她对教学的态度更加漫不经心，不再与学生进行眼神交流，备课也是乌七八糟。她想着，这样的工作是无论如何配不上她的，不过是吃饭的工具。她把所有的精力都放在了契诃夫的小说和自己的小说上。

到了学期中部，学校开展"名师大讲堂"活动，花重金请了一批国外的学者来讲课，其中有一位享誉全球的加拿大作家，朱丽读过他大部分书，认为他的作品十分动人。

在讲座上，作家利用自己所建立的文学体系，提出未来文学的方向在哪里，一个没有答案却值得深思的问题。朱丽没从这个角度思考过自己的写作，不由得大吃一惊。令她更加吃惊的是，这位作家提到了契诃夫，秉持的态度却是十九世纪的现实主义写作巅峰过去了，越往下走越艰难。

朱丽忍不住站起来提问："可是动人的东西怎么会过时呢？"

"不是过时，而是需要新的途径，探索新的可能，即使现实主义是世界的主流，但也不意味着不能创新。"作家笑着回答，一旁的翻译翻了出来。

"可是怎么去创新呢？"朱丽又问。

"这是个没有答案的问题。"作家说，"也许可以从拉美文学中找到灵感，虽然拉美文学的高峰也已经过去了。"

朱丽无力地坐下了，她希望这位作家说的是毫无道理的假话。读硕士这些年她始终沉浸在契诃夫的小说中，忘记了其他存在。事实上，她也读过拉美文学，但她体会不到其中的动人之处。这是她写作没什么进步的原因吗？她想到自己的小说集，布满空洞乏味的长句，不由得震颤不已。恍惚之间，她觉得她的封闭和尧溪的封闭一样，她的狭隘也和尧溪的狭隘一样，该如何在这里生活下去？

"我读的书太少太少了，不应该只读契诃夫的小说，看看别的吧。"回去后，她心慌气短地把这句话写到日记本上，后面加了几个大大的感叹号，用荧光笔画了一圈又一圈，作为警醒。

她果真不再读契诃夫的小说，一回到家就开始读拉美文学，但依然没有寻找到其中的动人之处，自然也没有创作的冲动。同乡编辑许秋笛找她要过多次稿子，她都回复说正处在瓶颈期，没有写出来。她仿佛被一个真空罩子罩了起来，没有一样事物带给她慰藉。

日子就这样沉重地过了下去。

一个午后，阳光懒懒地照在床上，她忽然心血来潮，想到李芳还在的时候，陪她一起去凤凰山的寺庙转悠。不知道李芳还做不做优婆夷，是否每天给菩萨烧香。

在这样的境况中，她似乎有些理解李芳了，也希望她真的坚持下去了。

于是她起身，打了个车，想去凤凰山上看看。坐在车里，她想着更久远的事，是妈妈告诉她的，三四岁的时候，妈妈带她在街边玩，碰到一个白胡子老头，老头指着她说，这孩子将来有福气，妈妈很高兴，刚要继续问有哪些福气时，老头就消失了，像一场幻觉，但记忆却一直留了下来。这是发生在尧溪的事。

车堵在了半路上，司机告诉她，最近寺庙里有祭祀活动，很多外地人也前来观看，每天都是人声鼎沸。她下了车，决定穿过来往的车辆，步行上去。

太阳高照，汗冒了出来，虽然很累，但她还是执意往前走。也许脚下的这条路，李芳已走了无数次，那些僧侣也走了无数次。渐渐地，路上的车少了，路也越来越窄，两旁变成苍翠的绿树，钟声时不时游荡过来。寺庙建在山顶，小小一座，呈四方形，木门斑驳，墙被刷成了砖红色。几个穿着袈裟的僧侣坐于堂内，被来往的行人围起来，不知在讲些什么。

她也坐下，听着嗡嗡的木鱼声，小心翼翼呼吸着。后来她又闭上眼，在脑中回忆着北京故事，与这里的荒凉相比，那些宏大的东西逐渐远去了，她又成了孤独一人。然而孤独也有烦恼，她想象李芳坐在这里，是否也有相同的感受。那么，究竟什么才是有意义的？究竟什么才是真正的生活呢？此刻她没有答案。她只是静静坐在这里，等着时间远去。

图书在版编目（CIP）数据

李北的一天 / 贾若萱著. -- 石家庄 : 河北教育出
版社, 2024.9. --（燕赵秀林丛书：文学）. -- ISBN 978-7
-5545-8855-0

Ⅰ. I247.7

中国国家版本馆 CIP 数据核字第 2024MT7250 号

燕赵秀林丛书·文学

李北的一天

LIBEI DE YITIAN

作　　者　贾若萱
出 版 人　董素山　汪雅瑛
责任编辑　赵莉薇
装帧设计　李关栋
出版发行　河北出版传媒集团
　　　　　河北教育出版社　http://www.hbep.com
　　　　　（石家庄市联盟路 705 号，050061）
印　　制　石家庄名伦印刷有限公司
开　　本　787 mm × 1092 mm　　1/16
印　　张　13.25
字　　数　158 千字
版　　次　2024 年 9 月第 1 版
印　　次　2024 年 9 月第 1 次印刷
书　　号　ISBN 978-7-5545-8855-0
定　　价　68.00 元